現代佛學叢書

濟公和尚

傅偉勳・楊惠南主編／

賴永海著

東大圖書公司

國家圖書館出版品預行編目資料

濟公和尚／賴永海著. --再版. --臺北
市：東大發行：三民總經銷，民86
面；　公分. --（現代佛學叢書）
ISBN 957-19-1549-1（精裝）
ISBN 957-19-1550-5（平裝）

857.44　　　　　　　　82005339

國際網路位址　http://sanmin.com.tw

ⓒ 濟　公　和　尚

著作人　賴永海
譯　者　李惠英
發行人　劉仲文
著作財
產權人　東大圖書股份有限公司
　　　　臺北市復興北路三八六號
發行所　東大圖書股份有限公司
　　　　地　址／臺北市復興北路三八六號
　　　　郵　撥／〇一〇七一七五──〇號
印刷所　東大圖書股份有限公司
總經銷　三民書局股份有限公司
門市部　復北店／臺北市復興北路三八六號
　　　　重南店／臺北市重慶南路一段六十一號
初　版　中華民國八十二年八月
再　版　中華民國八十六年二月

編　號　E 22029

基本定價　叁　元

行政院新聞局登記證局版臺業字第〇一九七號

ISBN 957-19-1550-5（平裝）

《現代佛學叢書》總序

　　本叢書因東大圖書公司董事長劉振強先生授意，由偉勳與惠南共同主編，負責策劃、邀稿與審訂。我們的籌劃旨趣，是在現代化佛教啟蒙教育的推進、佛教知識的普及化，以及現代化佛學研究水平的逐步提高。本叢書所收各書，可供一般讀者、佛教信徒、大小寺院、佛教研究所，以及各地學術機構與圖書館兼具可讀性與啟蒙性的基本佛學閱讀材料。

　　本叢書分為兩大類。第一類包括佛經入門、佛教常識、現代佛教、古今重要佛教人物等項，乃係專為一般讀者與佛教信徒設計的普及性啟蒙用書，內容力求平易而有風趣，並以淺顯通順的現代白話文體表達。第二類較具學術性份量，除一般讀者之外亦可提供各地學術機構或佛教研究所適宜有益的現代式佛學教材。計劃中的第二類用書，包括(1)經論研究或現代譯注，(2)專題、專論、專科研究，(3)佛教語文研究，(4)歷史研究，(5)外國佛學名著譯介，(6)外國佛學研究論著評介，(7)學術會議論文彙編等項，需有長時間逐步進行，配合普性及啟蒙

教育的推廣工作。我們衷心盼望，關注現代化佛學研究與中國佛教未來發展的讀者與學者共同支持並協助本叢書的完成。

傅偉勳、楊惠南

濟公和尚

目次

前　言

　　道濟和尙，俗稱「濟公」，志書中多稱之爲「濟顚」，南宋時人，是中國佛教史上一位具有濃厚傳奇色彩的「神僧」。

　　關於道濟其人，正史、僧傳不見記載，歷史上廣爲流傳的，是以小說題材出現的《濟公傳》，「小說家言」本不足作爲信史，因此，史上是否有道濟其人，曾經有過不同看法：例如，《花朝生筆記》的作者稱：「實則南宋初無是人，乃因六朝釋寶志而訛傳者也」，亦即認爲宋代本無濟公其人，《濟公傳》乃是小說家根據南朝寶志？有關事跡經藝術加工而成的；又有的小說家認爲，《濟公傳》裡的濟公是雜糅南朝釋寶志及宋代的「呆行者」葉守一和淨慈寺的「詆毀和尙」而成的藝術形象（詳見黃天驥《評濟公全傳》，花城出版社1983年版，《濟公全傳》序言）。這種看法同樣認爲歷史上並無濟公其人。但是，學術界和佛教界則有不少人認爲，雖然《濟公傳》裡的濟公參雜有不少傳說的成分，但歷史上確實曾有道濟其人，且從有關資料中，考證出濟公具體之生卒年月。

究竟歷史上有沒有濟公這個人，根據有關資料看，宋代確實曾有一位法號稱爲道濟的和尙，根據有五：

　　其一，據曾在淸乾隆年間被收入《四庫全書》的《武林梵志》記載：

　　　　宋道濟，台州李氏子，年十八赴考，因過靈隱，適瞎堂遠公開席，其間濟以宿緣求度，遂爲沙門。（杜潔祥主編《中國佛寺志》第八冊，《武林梵志》卷九，臺灣明文書局1980年版）

　　其二，《淨慈寺志》亦稱：

　　　　濟字湖隱，天台李茂春子，母王氏夢吞日光而生，年十八就靈隱瞎堂遠落髮。（同上，《淨慈寺志》卷三）

　　其三，《靈隱寺志》也有相類似的記述：

　　　　濟顚禪師，名道濟，台州李氏子，初參瞎堂遠，知非凡器，然飮酒食肉，有若風狂。（同上，《靈隱寺志》卷三）

　　其四，《天台山方外志》亦說：

濟顛禪師，天台人，父李茂春。……母王氏夢吞
日光生師，年甫十八二親繼喪，投靈隱寺出家。
（同上，《天台山方外志》卷五）

其五，據宋《北磵禪師論文集·湖隱方圓叟舍利銘》
記載：

叟天台臨海李都尉文和遠孫，受度於靈隱佛海禪
師，狂而疏，介而潔。……叟名道濟，曰湖隱，
曰方圓叟，皆時人稱之。嘉定二年（1209年）五
月十四日死於淨慈。

此五則資料前四則出自寺志，後一則出自銘文，雖
然具體說法有小異，但均明言宋代有一位法號稱爲道濟
的禪師。在沒有充分的根據說明這些資料或僞或訛的情
況下，與其臆測「宋初無是人」，毋寧尊重史料而信其有。
如果歷史上確有道濟其人，那麼，其準確的生卒年
月當是何時？
關於濟公之生卒年，各種資料上記載也不盡相同。
據《濟顛僧傳》載，濟公生於宋光宗紹熙三年（1192年），
世壽六十，即卒於宋理宗淳祐十一年（1251年）；但據著
名歷史學家陳垣《釋氏疑年錄》考證，濟公生於宋高宗
紹興十八年（1148年），卒於宋寧宗嘉定二年（1209年），
世壽六十二。驗之於有關史料，筆者以爲後說爲是，理

由如下：

一·據《武林梵志》載：宋孝宗乾道六年（1170年）瞎堂遠禪師「敕住靈隱寺」，「於淳熙三年（1176年）遷化」。如果如《濟顛僧傳》所言，道濟生於1192年，則瞎堂遠遷化時道濟尚未出生，無從「就靈隱瞎堂遠落髮」；

二·《淨慈寺志》稱德輝禪師「嘉泰（嘉泰元年為1201年）初住淨慈四年」。如果如《濟顛僧傳》所言，道濟生於1192年，則道濟其時方才九歲，難圓瞎堂遠禪師遷化後，道濟往淨慈寺投德輝禪師一說；

三·陳垣所言道濟卒於1209年一說，與宋《北磵禪師論文集·湖隱方圓叟舍利銘》中所說道濟於「嘉定二年（1209年）五月十四日死於淨慈」正相吻合；

四·《淨慈寺志》也載道濟於「嘉定二年（1209年）五月十六日索筆書偈」後入滅。

可見，道濟生於宋高宗紹興十八年（1148年），卒於宋寧宗嘉定二年（1209年）說較符合（或接近於）歷史實際。

儘管歷史確實曾有其人，但即便是幾部寺志所記載的資料，對於道濟一生的活動情況，也都是寥寥數語，憑此實難對於道濟的宗教活動、佛學思想作出比較全面、系統的介紹，所幸的是，明隆慶年間由仁和潘孟枓編著的《錢塘漁隱濟顛禪師語錄》、於明清之際由署名天花藏主人所編的《醉菩提全傳》（另名《濟顛僧傳》）及約成書於清中葉的洋洋百萬言的《濟公全傳》，為人們提

供了十分弘富的濟公其人、其思想的有關資料，儘管這些資料都有點近似於「小說家言」，不可視同信史，但它對於人們從各個側面去了解濟公，還是很有助益的，特別是《濟顛僧傳》，不少前賢大德也都認為比較接近歷史實際，因此，借助它以窺探濟公其人、其思想實亦未嘗不可。本書所依據的資料，除了靈隱、淨慈等幾部寺志的有關記載外，也參考了以上所提及的諸本傳記，這是必須首先向讀者說明的。

一‧道濟降生　性空指路

鞋兒破，帽兒破，身上的袈裟破。你笑我，他笑
我，一把扇兒破。南無阿彌陀佛，南無阿彌陀佛，
無憂無愁無煩惱，世態炎涼皆看破，走呀走，樂
呀樂，哪裡有不平哪裡有我，南無阿彌陀佛，南
無阿彌陀佛。

這首題為〈濟公〉的歌，前幾年曾一度比「流行歌
曲」還流行。如果說作為小說的《濟公傳》曾使濟公在
幾百年時間內代代有人傳頌，那麼，這首「流行歌曲」
則使得濟公一時間成為一個婦孺皆知的「歷史名人」。

濟公，俗名李修元，浙江天台縣人，生於宋高宗紹
興十八年 (1148年)，十八歲從靈隱寺瞎堂遠禪師落髮出
家，法號道濟，卒於宋寧宗嘉定二年(1209)，法臘四十
四,世壽六十二,是中國佛教史一位富有傳奇色彩的「神
僧」。

據有關資料記載，在宋高宗紹興年間，台州府天台
縣，有一官員，姓李名茂春，官拜春坊贊善，為人純謹

厚重，不貪榮利，做了幾年官，就棄職歸隱。夫人王氏，爲人溫順謙和。夫妻倆都是一副菩薩心腸，樂善好施，所做者多是鋪橋造路，扶危濟困等上等善事，街坊鄰里均稱之爲「李善人」。唯一的缺憾是，夫妻結婚已有多年，但仍無子嗣。當時有些人就在私下議論，曰：「李善人也許不是眞善人，不然怎麼會沒兒子。」此話傳到李茂春耳裡，心中頗是不快，一連好幾天一直悶悶不樂，夫人以爲丈夫遇到什麼麻煩事，一日飯後，在閒談之餘，夫人就問員外納悶所爲何事？李茂春如實告訴夫人，夫人聽後，嘆了一口氣說：「你莫如再納一妾，生個胖小子，一者可塞流言，二者可續李家香火。」李茂春責怪妻子欲讓他做此不才之事，並寬慰夫人曰：「你年不到四十，尚能生養兒子，你我莫如沐浴齋戒三天，再到天台國清寺拜佛求子，倘若佛祖有靈，你我又不該無後，說不定能得一子也未可知，不知夫人意下如何？」夫人連說：「甚是，甚是。」李茂春擇了一個吉日，帶著夫人、童僕到天台國清寺拜佛求子。

卻說這天台國清寺，乃是江南一大名刹，又是中國佛教天台宗的祖庭。早在陳隋之際，天台宗創始人智者大師在此大弘佛法，廣修宙宇，此國清寺就是按照智者大師親手繪製的圖樣，由當時的晉王（即後來的隋煬帝）派司馬王弘督工興建的。此寺原名爲天台寺，因智者大師在開山時，曾示讖曰：「寺若成，國即清」，故改名爲國清寺。此寺經天台歷代祖師又不斷擴建修繕，至北宋

年間，它與齊州（今濟南）的靈岩、潤州（今鎮江）的栖霞（今劃歸南京）、荊州（今江陵）的玉泉並稱為天下「四絕」。其時之浙東安撫使洪適游國清寺時曾留有一詩。詩云：

> 物外千年寺，人間四絕名。兩廊諸岳色，九里亂松聲。
> 海氣標僧院，秋鐘徹縣城。夜來疏磬斷，月影遍樓清。

南宋期間，由於史彌遠之奏請，制定了禪院等級，遂有「五山十刹」之設，此國清寺又被列入「十刹」之一。蓋自陳隋以降，此國清寺就一直是全國屈指可數的大寺之一，該寺的住持和尚，歷來也多屬名重一時的高僧大德。至高宗紹興年間，住持此寺之方丈，乃是一位法號稱為性空的大和尚。此性空長老僧臘已有五十六年，道行高深，人稱活羅漢，能夠察往知來，預知員外李茂春命當有子，且與佛教有緣，故當李員外攜夫人來寺拜佛求子時，便率僧出寺迎接，敘禮之後，帶員外夫婦往各處拈香。到了大雄寶殿，員外夫婦頂禮叩拜，求神佛保佑，教他們早生貴子，如神佛有靈，日後定重修古廟，再造金身。也許是「善有善報」，不久，王夫人即身懷六甲，當年十二月初八日，生下一子。員外十分高興，一時親友近鄰齊來稱賀道喜。過了三日，更大擺筵

席，宴請賓朋，正要開宴之時，突然門人來報：「國清寺長老性空大和尚要見員外。」員外暗想，此性空長老乃一代高僧，平時罕得走出山門，今日因何到此？趕忙出來迎接。施禮相見便道：「老師法駕光臨，想必有事!?」長老道：「並無別事，聞得員外喜得貴子，一來道賀；二來因貴公子日後與我佛有些因緣，今日來與他說個明白。」員外十分高興，忙進內與夫人說明，叫丫環抱著小孩，來見長老。長老接過小孩，用手摸著他的頭，隨後拍他二拍，高聲贊道：

莫要笑，莫要哭，你的事兒我知道。

見我靜修沒痛癢，你要動中活虎跳。

跳便跳，不可迷了靜中竅。

色會燒身，氣能敗道，錢財只合幫修造。

若憂凍死須菩提，滾熱黃湯真實妙。

你我去來兩分明，慎勿大家胡廝靠。

長老贊罷，遂將小孩抱還丫環，又問員外：「公子曾命名否？」員外道：「連日因慶賀煩冗，尚未為犬子命名。」長老道：「既未命名，老僧不揣冒昧，妄定一名，叫修元，意即恆修本命元辰，不知員外尊意若何？」員外忙說：「元乃四德之首，修乃一身之本，謹領大師台教，感激不盡。」說罷遂起身作別。員外說：「蒙老師法駕光臨，本當素齋少申款敬，無奈今日席宴賓朋，庖人烹

宰，廚灶不潔，怕有染清淨，容日後親詣寶剎叩謝。」長老道：「謝何敢當，但老僧不日西歸，大人如不見棄，本月十八日屈至小庵一送，誠無任感謝。」員外道：「老師僧臘尚未過高，正好安享清福，爲何忽發此言？」長老道：「有來有去乃循環之理，老僧豈敢有違。」遂別了員外，回至寺中靜坐。

卻說李茂春送走長老後，又回屋裡應酬賓朋，等席終客散之後，剛坐下來，就記起性空長老剛才所說的話，私下暗想：性空長老道行高深，今日此番話看來絕非妄言，聯想人生確實如同夢幻，轉眼成空，一時頗覺悲愴，加上勞累了一整天，不知不覺在靠椅上睡著了，老僕人李安正好來客廳欲喚大人早點歇息，見狀忙招呼僕人扶老爺回房安歇。

到了十八日，李茂春一大早就起來，草草吃了早飯，帶著童僕直奔國清寺。豈料諸山長老比他去得更早。李茂春與諸山長老施禮道安後，就徑往丈室。其時，性空長老正在打坐，雙目緊閉，紋絲不動，員外一見，以爲長老已經坐化，脫口而說：「沒想到還是來遲了。」性空長老聽到員外的聲音，接口說道：「員外來得正好，有一事老僧尚須交待員外，汝子修元乃佛家根器，日後長大，但可爲僧，不可出仕，切勿差了，讓他走錯路頭。倘若出家，可投印別峰、瞎堂遠爲師。須牢牢記取，切切，切切。」員外連忙說道：「蒙老師慈悲教示，學生豈敢不從，請老師盡可釋懷。不知老師還有何教示？」

只聽性空說了一聲「阿彌陀佛」,雙目緊閉,一往如前,再不言語。李茂春趕忙退下。其時諸山長老都已來到丈室,大家知道性空大和尚已經坐化西歸,眾各舉哀,請法身入龕畢,各自散去。

到了二月初九日,已是三七,大眾舉殯,四方哀悼,寒石岩長老為之下火。只見長老手執火把,高聲唱道:

> 恭維,圓寂紫霞堂下性空大和尚,
> 本公覺靈,原是南昌儒裔,皈依東土禪宗。
> 脫離塵欲性皆空,眞是佛家之種。
> 無喜無瞋和氣,有才有學從容。
> 名山獨占樂其中,六十九年一夢。
> 咦!不隨流水入天台,趁此火光歸淨土。

寒石岩長老念罷,遂起火燒龕,頓時烈焰騰空,只見一道紅光直入靑雲裡去了。

二・遠公開席　道濟落髮

　　性空長老的一番話，使得李茂春憂喜參半；所憂
者，好不容易有了個兒子，如果日後出家當了和尚，李
家香火誰來接續？所喜者，性空長老如此關照自己的兒
子，想必日後於佛教定有一番作爲。思來想去，眞不知
如何是好。但事已至此，也只好任其自然了。眼下所能
做的，就是加緊盡心培養修元，遂請了飽讀詩書的先生，
在家給修元當老師，並把妻舅王安世的兒子王全也叫來
一起就讀。說來也怪，那李修元讀起書來，與衆頗有不
同，有時興致一來，直讀得全神貫注、忘餐廢寢，有時
則把書往桌上一擱，默默地靜坐，發楞呆想可大半天，
想得快活，仰面向天哈哈大笑，人問因何大笑，他仍以
笑答之，人多莫名其妙。到了十二歲，已是無書不讀，
文理精通，吟詩作賦，無般不會了。

　　卻說一年清明節，先生照例放假。員外設宴款待先
生，又備下「束修」，令修元與表兄王全一塊送先生回家。
送罷先生，在返家路上，經過一個寺院。此乃是台州一
帶頗有名氣的祇園寺。兩人一見天色尚早，就說何不順

便進去一遊。兄弟倆四處遊覽，觀賞景致，不覺走到了大雄寶殿前，早有兩個侍僧攔住，對他倆說：「小施主，今日大殿有官長在內，你倆若是閒遊，不妨到別處去玩耍。」修元道：「大殿乃佛相所在，供人瞻仰禮拜，就是官長在內，讓我們進去看看又何妨。」說後，遂昂昂然走了進去。只見殿內左邊坐著一位官長，右邊坐著本寺住持道清長老，兩邊排列坐著幾十位行童，各人桌上都有紙筆。但並沒有人拿筆書寫，只是或托腮，或摸頭，或俯首，或望天，都像是在凝神靜思。修元甚是好奇，便上前一拱手，問道：「敢問老師，這幾位行童在此何為？」那道清長老看出他倆人衣冠楚楚，頗懂禮數，便起身答道：「此位大人前些日子因有事出海，突遇狂風大作，大船差點覆沒，危難之中祈求佛祖保佑，並許願，若得生還，定布施買牒度僧，後來果然化險為夷。今日乃是此位大人來敝寺還願，施捨一千五百貫錢，買了一道度牒，欲度一僧，故召集這些行童考試檢選。因各行童各有春秋，一時尚未選定，大人又出了一首詞，讓各行童續起兩句，以概括該詞大意，若有合意者，便剃度為僧。現各行童正在凝思應對。」修元一聽，這倒有趣，莫若把該詞拿來一看，我也試試。遂對道清長老說：「可否把該詞賜予一觀？」那位大人見修元談吐不俗，便叫左右將詞遞與修元。修元一看，却是一首〈滿江紅〉，詞云：

世事徒勞，常想到山中卜築，共笑傲明月清風，
蒼松翠竹，靜坐洗開名利眼，困眠嘗飽詩書腹，
任粗衣淡飯度平生，無拘束。

奈世事如棋局，恨人情同車軸，身到處俱是雲翻
雨覆，欲向人間求自在，不知何處無榮辱，穿鐵
鞋踏遍了紅塵，徒碌碌。

修元看罷，微微一笑，遂提筆續題二句，曰：

淨眼看來三界，總是一檐茅屋。

道清長老一看，不但對得工整，而且頗具禪機，遂
呈與官人，官人也連聲叫好，忙問修元：「公子尊姓大
名？誰家子弟？貴庚幾何？」修元答道：「學生姓李名
修元，李贊善之子，今年已經十二歲了。」那道清長老
一聽，十分驚喜，脫口說道：「原來是李公子，難怪下
筆如此靈警，卻是帶來的宿慧。」那官長一聽道清長老
所言，似話中有話，便向長老問此中所以。長老道：「大
人有所不知，十幾年前，國清寺性空長老西歸之日，曾
囑咐李贊善：其子乃佛家根器，日後長大，應讓他拜師
學佛，切勿入仕，今日看公子之應對，豈非正中性空之
言。」官人一聽，更是高興，便與長老商量，若能度得
此位公子出家，豈不勝似其他行童百倍，便問修元：「公
子可願意剃度出家？」修元一聽，連忙說道：「出家固

是善果，但家父只生學生一人，豈有出家之理。」道清長老接著說：「貧僧以爲公子很適宜出家，但此事體重大，自當另日造宅見令尊大人，再作商議，今日豈敢造次。但請公子回府之後，先稟告令尊大人一聲，貧僧不日再登門造訪，不知公子以爲如何？」修元答道：「遵從師父吩咐，學生一定稟告家父。」遂與王全告別長老和官人，率直回家。

弟兄倆個一進家門，員外就問：「爲何回來這般之晚？」王全就把弟兄二人如何進祇園寺遊玩，如何遇到長老與官人在檢選行童，修元如何應對，道清長老如何要修元出家等事，一一稟告了員外，員外一聽沉吟半晌，修元又插上一句：「那道清長老還說，過幾天他要到我們家來，與父親商談讓孩兒出家之事。這件事是孩兒惹出來的，讓孩兒自己來對付，父親盡可不必煩憂。」員外說：「那道清長老可是當今尊宿，又是一番好意，汝千萬別舉止魯莽，出言唐突，得罪了他老人家。」修元說：「孩兒怎會唐突於他，只是他道行不深，恐自取唐突爾！」員外也不多說，吩咐僕人照顧他倆用膳，是晚無話。

過了兩天，員外一家剛剛吃過早飯，便有門人來報：「祇園寺道清長老求見老爺」，員外趕忙出門迎接。敍禮完畢，道清長老便把話鋒一轉，語及修元出家之事，並提起性空長老西歸時之囑咐，員外忙說：「性空禪師昔日所囑之言，焉敢有負！今日上人法駕親臨，一番美意，

誠感佩不已，無奈下官唯此一子，若讓其出家，宗嗣誰繼？故難以奉命，有望上人鑒諒。」長老即道：「大人所言差矣，語云：『一人得道，九族升天』。九族既已升天，又何必留皮遺骨於塵世？」員外尚未作答，只見修元從屏後走出，向道清長老施禮道：「蒙老師錯愛，學生銘感至深，但學生竊自揣度，似有三事尚未停當，恐有負老師一番盛意。」長老道：「出家最忌牽纏，進道必須猛勇，不知公子尚有哪三件事未曾停當？」修元道：「竊思古今無鈍質之高僧，學生年未及冠，讀書未多，焉敢妄參上乘之精微？此其一；其二，天下無有不孝之佛菩薩，學生父母在堂，上無兄以待餐，下無弟以代養，焉敢削髮披緇，去父母而逃禪!?其三尤為緊要，夫燈燈相續，心心相傳，學生眼前叢林雖多，然上無摩頂之高僧，次無傳心之尊宿，再其下者，即便指點迷津之善知識，也不可得見，學生焉敢妄從於盲瞎之輩，誤了一生。」長老聽後，哈哈大笑道：「若說別事，貧僧也許有所不知，就適才所言三事，公子俱已停當矣。一者，公子雖然年未及冠，然前因宿慧，今世修學，前日所續二句已露一斑，豈是頑鈍之輩；若說出家失孝，則古人出身事君，且忠孝不能兩全，何況離世出家！然事有本末，孝有大小，若能成佛作祖，父母俱可享人天之大樂，豈在於晨昏之定省灑掃。至於從師。有如五祖六祖之傳固好，倘六祖之後無傳，不幾慧燈滅絕乎！貧僧為衲已久，事佛多年，雖不能說已得道悟性，然寶典也讀了一些，禪

機也頗諳一二，豈不能為汝之師耶？」修元微微一笑，欠身答道：「古人云：『知人者智，自知者明』，又有道：『人之患，在好為人師』，教師既諳禪機，學生倒有一言動問：『未知教師此身住世幾多年？』」道清長老見修元出言輕薄，臉已微呈慍色，但還是強忍作答，曰：「老僧住世已六十又二年矣」。修元道：「老師既住世六十二年，未知此身內一點靈光却在何處？」長老突然被問，又不曾打點，一時語塞，修元道：「只此一語，尚未醒悟，焉能為我師乎!?」將衣袖一拂，竟走開去了。道清長老不勝慚愧，只恨入地無門，員外在旁再三周旋，連連陪罪道：「小兒年幼無知，狂妄唐突，有請長老海涵。」長老自覺沒趣，隨即起身返寺。

　　却說此道清長老被修元一句「一點靈光却在何處」問住之後，一病三日不能起床，眾弟子俱各惶惶無計，早有觀音寺道淨長老聽說道清長老生病，忙裡抽閒趕來探望，一詢病因，方知竟因一年不及冠之稚童而起，很是不以為然，道：「此乃不過口頭禪耳，何足為奇，道兄真乃自尋煩惱矣，待我前去見他，也難他一難，看是如何？」道清道：「此子年紀雖少，但著實慧根鋒利，才學過人，道兄切勿輕視了他。」正說話間，忽報贊善李茂春攜公子前來探望，道清長老無奈，只得同道淨一起出來把員外迎進寺內。相見禮畢，員外道：「前日小兒狂妄無知，上犯尊師，多有得罪，今日特來請荊，望教師釋怒為愛。」道清曰：「此乃貧僧道力淺薄，自取

其咎，於公子何尤？」在旁之道淨長老隨即接口說道：「此位莫就是問靈光之李公子麼？」修元道：「學生正是。」道淨笑道：「俗話說，問易答難，貧僧也有一問，未知公子能答否？」修元曰：「教師既有妙諦，不妨見教。」道淨曰：「請問公子尊字？」修元曰：「賤字修元。」道淨曰：「字號修元，只恐元辰修未易。」修元聽後便道：「敢請老師法諱？」道淨曰：「貧僧道淨。」修元應聲道：「名爲道淨，未歸淨土道難成。」道淨見修元果眞出言敏捷，機鋒警策，不禁肅然起敬，就對李贊善說道：「貴公子果然不凡，我等實不能爲他之師，還請大人另求尊宿，萬萬不可誤了因緣。」李贊善道：「昔日性空長老西歸之時，曾囑日後修元長大，須投印別峰、瞎堂遠爲師，但一時亦不知此印別峰、瞎堂遠在於何處。」道淨曰：「性空長老既有此言，想必定有此人，留心察訪可也。」大家談得投機，不覺日已正中，道清長老設齋款待，席後珍重而別。

　　却說這李修元自與道清道淨一段因緣之後，雖回絕了道清長老之請，然一個出家之念頭，却常在心中盤繞，功名之事，全不關心，每天只以讀書、吟詠爲事。轉眼已是十五歲。不料王夫人忽染一病，修元不離左右，每天親侍湯藥，也許世壽已盡，一切醫藥全無效驗，不幾日，竟撒手西去。員外與王氏素來恩愛，夫人一走，員外哀痛過度，竟成重疾，不久相繼而亡。修元悲痛萬分，盡心祭葬，在家服喪三年，以盡其孝。

修元自連失雙親之後，無掛無礙，閒來無事，便往天台各寺中打聽印別峰、瞎堂遠兩高僧之消息。母舅王安世見修元孑然一身，幾次與他議婚，他都絕辭推却，無奈，只好聽之任之。有一日，修元來到國清寺，見有幾個從外地來的遊方僧，便上前打聽印別峰、瞎堂遠二禪師的消息，說來也巧，這些遊方僧正是從臨安（今杭州）來的，且知道這二位禪師的下落，告訴修元曰：「那印別峰和尚在臨安徑山寺當住持，瞎堂遠長老過去在蘇州虎丘山當住持，聽說最近被靈隱寺請去了。」修元一聽，連聲道謝，即刻回家，當晚便告訴母舅王安世，要離家去臨安參訪二位禪師。王安世道：「你家世代為宦，你又飽讀詩書，仕途廣潤，何必一定去出家呢!?」修元道：「人生有如夢幻，仕途尤為險惡，古往今來，不知坑害了多少文人學士、正人君子，外甥又何必去自投羅網呢！」王安世看他詞堅意決，又想到他平常舉止言談，似多與佛門有些因緣，便退一步對修元說道：「你家尚有許多產業，又無兄弟，你若出家，這些產業却叫誰人管理？」修元道：「外甥此行，身且不計，何況產業，總托表兄料理可矣！」王安世無奈，只好叫他早點歇息，明日再作商議。

第二天，李修元起了一個大早，用過早飯，就來向母舅、舅媽及表兄王全辭行，王安世無奈，只好吩咐僕人替他打點行裝，準備食物，又叫夫人多拿一些寶鈔給修元，派了兩個僕人給他做隨從。李修元辭別母舅、舅

媽和表兄，逕奔京城臨安。

　　不數日，過了錢塘江，主僕三人登岸入城，找了一家客棧歇息。次日一早，便往各處遊玩。這臨安畢竟是一個大都城，到處店堂林立，人烟輻輳，煞是熱鬧繁華。那李修元因牽掛着參訪禪師的事，也無心遊逛，早早回到客棧，便向店主打聽靈隱、徑山二寺座落何處。店主告訴修元：「這徑山、靈隱二寺乃是當今數一數二的兩大叢林，氣勢宏偉，景致極佳，相公不妨前去一遊。」修元再問：「可知是那位高僧在此二寺當住持和尚？」店主道：「住持徑山寺的，聽說是一位叫做印別峰的和尚，那靈隱寺的老住持去年已經仙逝，聽說最近請了一位叫做瞎堂遠的法師當住持。據說這兩和尚道行都十分高深，甚是了得，大概算是當今的兩高僧了吧。」修元一聽，極是高興，連忙問道：「不知去靈隱寺如何走法？」店主道：「出了錢塘門，便是西湖，過了保俶塔，沿北山向西便是岳墳，由岳墳向南便是靈隱寺了。」修元默記在心，謝過店主，回客房歇息。

　　第二天，天剛亮，修元便把兩個隨從喚起，草草用過早飯，一身秀才打扮，出錢塘門，到了西湖。這西湖以前只在書上神會，今日一見，景致果然不凡。它三面環山，一面臨城。湖水脈脈含情，清澈如鏡，遠處的小山，若隱若現，婀娜多姿；山水相映，愈發秀媚動人；湖中三島，就像鑲嵌在鏡面上的三顆綠色寶石，而蘇堤、白堤，更如兩條飄逸在這鏡面上的緞帶。此般人間仙境，

眞如北宋詞人柳永在〈望海潮〉中所寫：

東南形勝，三吳都會，錢塘自古繁華。烟柳畫橋，
風簾翠幕，參差十萬人家。雲樹繞堤沙，怒濤卷
霜雪，天塹無涯。市列珠璣，戶盈羅綺，競豪奢。
重湖疊巘清嘉，有三秋桂子，十里荷花。羌管弄
晴，菱歌泛夜，嬉嬉釣叟蓮娃。千騎擁高牙，乘
醉聽簫鼓，吟賞烟霞。異日圖將好景，歸去鳳池
誇。

要是換了別日，修元也許會詩興大作，吟詠幾首也
未可知，但今日他一心想去靈隱拜見瞎堂遠，因此幾聲
讚嘆，也就罷了，急忙上路，趕去靈隱。走沒多遠，見
有一昭慶寺，順道進去一遊。只見大殿上供着一尊千手
千眼觀音，不禁心中有感，口占一頌道：

一手動時千手動，一眼觀時千眼觀；
既是名爲觀自在，何須拈弄許多般。

出了昭慶寺，已是晌午時分，修元再也無心遊覽，
一口氣走到靈隱寺。

此靈隱寺到南宋已是近千年之古寺了，整座寺院深
隱於西湖羣峰密林之中，據說始建於東晉咸和三年（328
年），當時有一稱爲慧理的印度僧人至此，見此山峰便

言：「此天竺靈鷲峰之一小嶺，不知何代飛來？佛在世日，多爲仙靈所隱，今復爾耶？」起初時人多不相信。他又說：「此峰過去有黑白二猿，日後必相隨而至。」就在洞口呼喚，果有二猿跳出，大家才都信以爲眞，由此之故，「靈隱寺」、「飛來峰」、「白猿峰」、「呼猿洞」等相繼得名。此寺自東晉理公開創以來，幾經興廢，但歷代均有所修繕擴建，至宋代更蔚爲大觀，全盛時有九樓、十八閣、七十二殿堂，僧徒達三千餘衆。南宋時有人品第江南諸寺，論氣象之恢宏，首推靈隱。更有甚者，趙宋一代的高僧，如永明延壽、雪竇重顯、大慧宗杲，都曾在此寺弘法講經、撰論作疏，寫出很多佛門力作。而今之住持瞎堂遠禪師，也是由孝宗「敕住」，德高望重，遐邇聞名，才使得這修元千里迢迢，從天台趕來投拜。

靈隱寺

卻說這李修元一見此靈隱寺之幽靜莊嚴，不由得頓時肅然起敬，他正在寺門口駐足凝神，忽然見許多和尚列隊進了寺院，他趕緊走了過去，問那個走在後面的和尚：「敢問上人，你們列隊去往何處？」那僧人答道：「今日本寺新住持開席講經，我們都去法堂聽長老講經。」修元又問：「不知住持長老是何法號？今日所講何經？我等凡俗可去聽否？」那僧人道：「本寺住持即是新近來的瞎堂遠長老，今日所講乃《維摩詰經》，我佛慈悲，佛門廣大，佛法豈拒有心之心！你若想聽，盡可跟我進來。」修元一聽，十分高興，暗想：也許這是緣份，不然怎麼剛來就有幸親聆遠公說法，當時也不及細想，便跟着那個僧人進了法堂。只見幾百個僧人都結趺打坐，次序井然，修元也不曾學過打坐，便找了一個地方，靠邊站著，靜等遠公開席說法。

卻說這瞎堂慧遠禪師，原是眉山金流鎮彭氏之子，年十三便在藥師院出家，精研經論，後拜禪宗楊歧派巨子圓悟克勤爲師，因機鋒峻發，人稱「鐵舌遠」。圓悟寂後，屢主名刹，去年又被敕住此靈隱寺，賜號「佛海禪師」。此公講經，最以《維摩》聞名，今日修元一來，恰遇瞎堂遠講《維摩》，眞可謂「三生有幸」。只見他一番開經釋題，寥寥數語，已把維摩其人，本經主旨鈎玄提要地點示出來；往後更是口若懸河，機鋒四出，在座的信衆都聽得如痴如醉。當講到「心淨則佛土淨」、「菩薩行於非道，是爲通達佛道」時，更是廣徵博引、妙語連

珠，旣深入淺出，又極富禪機。修元聽後，眞有「聽君
一席話，勝讀十年書」之感慨。不知不覺，已經散席。
修元趕緊上前問在他前面打坐的那個僧人：「學生久仰
長老大名，欲求一見，不知上人可代引進否？」那僧人
道：「此長老最是彌勒肚量，於人無所不容，相公若眞
想拜見，可隨我來。」修元大喜，就隨了那個僧人，一
起前往方丈室。

靈隱寺飛來峯

　　到了丈室門口，那位僧人叫修元在外面稍等，讓他
先去稟報一聲。只片刻功夫，那位僧人就從丈室出來，
讓李修元進去見長老。修元一見長老，倒身便拜。長老
問道：「秀才何方人士？姓甚名誰？來此何爲？」修元
道：「弟子遠從天台而來，姓李名修元，久仰尊師大名，

早想投拜，但不知飛錫何方？故一直未能如願。近聞師父住持此山，特不遠千里，前來投拜，萬望我師鑒此微誠，慨垂青眼。」長老道：「秀才不知出家二字，談何容易，古人有云：『出家容易坐禪難』，秀才不可不思前慮後也。」修元道：「一心不二，則有何難易？」長老道：「你既是從天台而來，那天台山中三百餘寺，何處不可為僧，為何捨近而求遠呢？」修元道：「國清寺性空長老西歸之日，曾囑咐先父，教我日後長大，一定來投拜師父，故弟子念茲在茲，前些日聽講師父住持此寺，故特來投拜。」瞎堂遠長老一聽此乃性空長老之遺囑，就說：「既然如此，你暫時住下，旁的事來日再說。」修元連忙叩頭道謝，此時，站在修元身後的兩個隨從也跟著拜謝。瞎堂遠長老一見，就問修元：「此兩位是何人？」修元道：「是學生從家中帶來的僕從。」長老道：「你要出家為僧，那有帶僕從之理，可速速遣回。」修元忙把兩個僕人帶到外面，讓他們把帶來的寶鈔拿出一大部分給了長老常住，作為設齋請度牒之用，餘下的叫他們收起，作為回家盤纏。兩位僕人再三懇請公子把他們留下，以便隨時有所照應。修元道：「出家之人，如孤雲野鶴，豈容有僕，你倆只合速回，稟報母舅，說我已在靈隱寺為僧，佛門廣大，料能容我，不必牽掛。」二僕無奈，只好泣別。

　　再說這瞎堂遠長老知道那天台性空和尚乃是一代尊宿，西歸之日特囑修元來此參修，此中必有因緣，又見

此李修元知書達理、聰穎伶俐，也頗喜歡他，遂叫人替他請來一道度牒，擇一吉日，鳴鐘擊鼓，聚集大眾，在法堂替李修元舉行披剃儀式。只見李修元跪於法堂之上，長老問道：「汝欲出家，果是善緣，但出家容易還俗難，你知之乎？」修元道：「弟子不遠千里，來此出家，乃心之所安，性之所悅，並非勉強，豈有還俗之理！求老師慈悲披剃。」長老道：「旣是如此，今日就替你披剃。」遂將修元的頭髮綰做五個髻子，之後指着髻子說道：「這五髻，前是天堂，後是地獄，左爲父，右爲母。中爲本命元辰。今日一齊與你削去，你須理會。」修元道：「蒙師慈悲指示，弟子已經理會。」長老聽了，方才用金刀細細與他披剃。剃畢，用手摩其頂，爲他授記道：「佛法雖空，不無冥地，一滴爲功，法言是利，但得眞修，何妨遊戲，法門須重廣大智慧，僧家之戒酒色財氣，多事固愚，無爲亦廢，莫廢莫愚，賜名道濟。」披剃完畢，長老又吩咐道：「道濟，從今之後，你已是佛門弟子，須守佛門規矩。」道濟道：「佛門規矩，不知從何守起？」長老道：「且去坐禪。」道濟曰：「弟子聞佛法無邊，豈如斯而已乎？」長老道：「如斯不已，言不如斯。」遂令監寺送道濟去禪房坐禪。

三‧棒喝見性　顯現本眞

卻說道濟跟著監寺來到雲堂，進門一看，只見堂裡已有許多僧人，個個正襟危坐，禪堂後面還有幾個禪床空著，監寺就對道濟說：「你就在旁邊那個禪床上打坐吧。」道濟忙對監寺說：「我初入佛門，尚不知怎麼打坐，乞請師兄教我。」監寺道：「坐禪之要訣是，外止諸緣，內息雜念，凝神入定，住心看淨。具體地說，就是：

也不立，也不眠，腰直於後，膝屈於前，壁豎正中，不靠兩邊。下其眉而垂其目，交其手而接其拳。神清而爽，心靜而安。口中之氣，入而不出；鼻中之息，斷而又連。一塵不染，萬念俱捐；休生息情，未免招怨。不背此義，謂之坐禪。」

道濟記住監寺所說，爬上禪床，照著打坐僧人的姿勢，也依樣畫葫蘆地坐起禪來。一開始，強打精神，覺得也別有一番意趣，過了幾個時辰，就漸漸覺得支撐不

住了，不知不覺，兩張眼皮打起架來了，忽然頭一沉，一個筋斗跌下床來，趕忙爬起來，重上禪床，伸手一摸，頭上已跌出一個疙瘩，暗自叫苦。又強行支撐了兩個時辰，只覺得不但眼皮常打架，而且腰酸背疼，稍一鬆懈，又迷糊起來了，只覺身子一幌，又跌了下來。這一跌正好被監寺聽見。只見監寺手握禪板，雙目瞪視，對道濟說：「坐禪乃入道初功，竟然在禪床上睡起覺來，這還了得，姑念初犯，且恕你一次，倘若再犯，重責不饒。」此道濟乃官宦子弟，平時那吃過這般苦，更沒有人如此責罵過自己，思前想後，頗覺懊喪，但事至如今，已無可奈何，只好掙起來又打坐。此一坐直熬到天將亮，眼看一夜就要熬過去了，一時歡喜，精神一放鬆，又睡倒過去了。這次不但頭上又跌出了一個疙瘩，那監寺走過來對著他那光頭就是一板，打得道濟抱頭亂叫，說要去告訴師父。那監寺一聽，不禁一笑，說：「你一夜跌了三四次，我才打你一次，你就要告訴師父，那我得多打幾下才行，不然師父要責怪我看管不嚴了。」說著掄起禪板又要打，道濟忙說：「大師兄，饒了我吧。」這一求饒，監寺才住了手，出雲堂去了。

道濟就這樣在寺裡熬了二個多月，除了聽老師說過兩次法，自己偷閒讀讀經，大部分時間都在面壁靜坐，心裡在嘀咕：「我來出家，原指望於明心見性上能有些領悟，沒想到整天像木頭一樣呆坐，一點趣味也沒有。」加上寺裡清規戒律又多，身上總像被許多繩索捆縛著一

般，尤其是不得飲酒食肉一戒，更使他無法忍受。想當初在家裡，呼婢喚僕，錦衣玉食，逍遙自在得很，何必來這裡活受煎熬，自尋煩惱。想著想著，覺得不如還俗痛快，主意一定，趕忙跳下禪床，直奔丈室。那瞎堂遠長老正要入定，忽報道濟求見，遂傳他進來，劈頭就問：「你不在雲堂坐禪，來此何事？」道濟說：「上告我師，弟子著實不慣坐禪，求老師放我還俗去吧。」長老道：「我前些日子已對你說過：『出家容易還俗難』，汝出家沒幾個月時間，豈有還俗之理！況坐禪乃僧家第一義，你為何不慣？」道濟道：「我出家原是為了修道見性，那知道來這裡整天學做木頭人！六祖大師曾經說：『道由心悟，豈在坐也。』他老人家還作了一首偈頌，曰：『生來坐不臥，死去臥不坐，一具臭骨頭，何為立功課。』佛經上也說：『若言如來若坐若臥，是行邪道。』何必一定要在那裡發呆瞎坐呢？」道濟恨不得把自己幾年來所學到的「禪非坐臥」的話都倒出來，看長老作何理論？只見那長老微微一笑，淡淡地說：「你這是只知其一，不知其二。大凡欲成大器者，均須止觀並重，定慧雙修。正如天台智者所言：『止乃伏結之初門，觀是斷惑之正要』，豈可捨止而求觀，去定而求慧呢！達摩祖師，乃是禪門宗祖，他止息嵩岳，面壁九年，方有我禪宗之開創，豈可說坐禪是發呆瞎坐！」道濟不甘示弱，又說：「老師所言雖不無道理，但禪之坐法，也有多種，六祖慧能就說：『外離相為禪，內不亂為定，外禪內定

故曰禪定。』七祖神會師也說：『念不起為坐，見本性為禪』，『凝心入定，住心看淨皆是菩提障』，何必一定終日面壁，方為坐禪呢！」瞎堂遠長老看道濟確實不是那種循序漸進之鈍根學僧，但不便明言，又礙於寺院清規，就對道濟說：「面壁如果得法，自有面壁之樂趣，你不妨再去打坐，如果著實熬不住，就四處走走，我叫監寺不打你就是了。」道濟說：「就打倒還好挨，只是那酒肉不見面，更是難熬。弟子想，佛法最廣大無邊，豈一一與人計較，我今杜撰幾句佛語，聊以解嘲，乞我師垂鑒。」長老道：「是何佛語，說來聽聽。」道濟說：「弟子不是貪口，只是一塊兩塊，佛也不怪；一腥兩腥，佛也不瞋；一碗兩碗，佛也不管，不知是也不是？」長老道：「佛倒是不瞋不管，你豈不自覺慚愧？須知皮囊有限，性命無窮，絕不可差了念頭。」道濟伸伸舌頭，不敢再多說。

卻說此道濟自聽了遠公一席話，雖打卻了還俗的念頭，但打坐與無酒二事最讓他苦惱，因為遠公已交待過監寺，因此，打坐一樁似輕鬆了許多，無事就上禪床坐坐，乏了就四處逛逛，倒也自在。只是酒癮一發，把他折騰得夠嗆，寺院附近既無酒店，身上又一文不名，只好咽吐沫解癮。別看他這樣整天無所事事，參禪悟道一事卻時刻掛在心頭，原想投拜了名師，大概能夠早日參透禪關，洞見佛性，但遠公似無什麼特別賜教之處。思來想去，如此終不是辦法。有一天，道濟終於又不由自

己地逛到丈室門口去了，剛想進去，又怕屢屢打擾，長老會見怪，正在這進退維谷之時，只見一僧從丈室出來，道濟趕忙上前問他：「師父現在做什麼？」那僧說：「正在研讀經論，叫我去替他找一部《黃龍慧南禪師語錄》，他要比照一下各家禪風。」道濟一聽，這可是一個好機會，就對那僧人說：「我去幫你找，找到後我替你送去，若何？」那僧人說：「那自然好。」道濟三步併作二步跑到藏經樓，找到書後，迅即送去給師父。瞎堂遠正在讀經，道濟進去時，他頭也沒擡，就說：「把書放在禪床上，你去做你的事吧。」道濟一想，這可好了，白跑了一趟，連一句話也沒說上。就硬著頭皮，說：「師父，是我給你送書來了。」長老一聽是道濟，就擡起頭來，說：「怎麼是你？」道濟說：「那位師兄有事，叫我替你送來。」長老一看，道濟似有事找他，就問：「你找我有事？」道濟忙說：「弟子想打擾師父片刻，不知師父可有空？」長老道：「有什麼事你說吧。」道濟猶豫了一下，最後還是上前說道：「弟子有句話不知道當講不當講？」長老道：「有什麼話盡管說吧。」道濟道：「我遠從天台來此投拜師父，只望師父能早日點破迷蒙，示道見性，沒想到來了這麼長時間，師父未曾指教一話頭，半句偈，整天坐在糊塗桶中，豈不悶殺！」長老一聽，便問道濟：「你來了幾時啦？」道濟說：「來了兩月有餘。」長老道：「才兩個多月，就想見性成佛啦!?豈知如達摩那樣的高僧，也於嵩岳面壁九年；六祖

那樣的慧根，仍有八月碓房之役，你初入佛門，就如此著急！」道濟說：「不是弟子著急，只是歷代師祖屢屢言及：『迷來經累刼，悟即刹那間』，既可刹那而悟，又何必累刼枉受辛苦，想那香儼擊竹，長慶捲簾，靈雲桃花，玄沙蹩指，也都悟在瞬間，師父你何不點示一二，我雖不敢指望立地成佛，也能早日悟道見性。」長老沉思片刻，爾後擡起頭來，對道濟說：「也罷，也罷，你近前來。」道濟一喜，以爲長老定有話頭敎示，連忙走到前面，冷不防長老抓起身邊之禪板，劈頭蓋腦打將下來，同時大聲一喝：「自家來處尙不醒悟，倒向老僧尋去路，且打你個沒記性。」那道濟倒在地上，將眼睜了兩睜，把頭點了兩點，忽然爬將起來，並不開口，緊照著長老胸前一頭撞去，竟將長老撞翻在地，他也不管長老，逕自向外飛奔而去。長老高叫：「有賊！有賊！」衆僧一聽長老叫喊，一齊過來問道：「賊在哪裡？可曾偷了東西？」長老道：「別的沒偷，只偷那禪門大寶。」衆僧問道：「偷去什麼禪門大寶？誰人看見？」長老道：「是老僧親眼看見，不是別人，就是道濟。」衆僧道：「既是道濟，那好辦，等我們將他拿下，替長老討取。」長老道：「今日且休，待明日我親自向他討取。」衆僧一聽既然如此，就各自散去。

卻說這道濟被瞎堂遠禪師一棒一喝，道出本然「自家來處」之後，一時覺得心地灑然，脫去下根，頓超上乘，走出丈室之後，逕直來到雲堂，口中直叫：「妙！

妙！妙！坐禪原來真好玩。」邊念邊走到上首和尚禪床前，對著正在打坐的上首和尚一頭撞去，把他撞了個兩腳朝天。那上首和尚連忙叫道：「這是什麼規矩？」道濟說：「坐得不耐煩，耍耍又何妨。」接著又對著另一個和尚一頭撞去，把他也從禪床上撞了下來，如此接連撞翻了好幾個和尚，直撞得整個雲堂哇哇叫，亂哄哄，這可急壞了監寺，只見他舉著禪板直追道濟，道濟卻嘻嘻哈哈跟他繞圈子玩，監寺一火，走出雲堂，找長老告狀去了。

　　監寺把道濟如何在雲堂搗亂的事一五一十向長老稟報，氣鼓鼓地要求長老一定要嚴加懲處，殺一儆百。長老暗想：此道濟前番來見我，何等苦惱，沒料到被我點化了幾句，一下子變得如斯快活，許是參透禪關，悟出前因，故任情遊戲，我且去考證他一番。遂傳侍者撞鐘擊鼓，聚集大眾。此時道濟正在浴堂沐浴，聽到鐘鼓聲，衣服也來不及穿，趕忙繫了浴裙，直奔法堂。此時長老已經升座，先令大眾宣讀一遍淨土咒，長老方高聲說道：「我有一偈，大眾聽著，『昨夜三更月甚明，有人曉得點頭燈，驀然想起當年事，大道方把一坦平。』」念罷偈頌，長老又道：「人生既有今世，自應有前世與後世，後世未來不知作何境界，姑置勿論，前世乃過去風光，已曾經歷，何可不知!?你等雖然根器不同，卻沒有一個不從前世來，不知你大眾中亦有靈光不昧，還記得當時之本來面目者否？」大眾默然，無一能答。首座和尚似在搜

腸刮肚，思考著如何應對。此靈隱寺除了長老外，就算他道行最深，學問最大，因此大家也指望著他能出來解圍，也好讓大家長長見識，但一直等了好長一段時間，仍不見首座和尚的動靜，卻見道濟衣冠不整，上前長跪道：「弟子昨在睡夢中，蒙師父喚醒，已記得此事。」長老道：「你既記得此事，何不當衆將底裡發露。」道濟說：「發露不難，只是師父不要嫌弟子粗魯。」說罷，就在法堂上，突然翻一個筋斗，頭著地，腳朝天，因沒穿衣褲，正露出當前的物事來。大衆無不掩口而笑，心想這下道濟弄不好要受皮肉之苦了。卻見那長老似毫不瞋怒，只說了一聲：「此眞是佛家之種也。」竟下了法座，回丈室去了。大衆愕然。那監寺從來最看不慣道濟，氣沖沖地跟著來到方丈室，一進門就對長老道：「佛門乃莊嚴清淨之地，靈隱乃僧俗歸仰之寺，今道濟在佛前無禮，師傍發狂，已犯佛門正法，禪寺清規，今番若不嚴懲道濟，定難正寺規而服僧衆，請長老切切不可再姑息於他。」長老道：「旣如此，單子何在？」監寺忙遞上單子，要長老批發，長老接了單子，對監寺道：「清規戒律，原爲常人而設，豈可一概而論。」遂在單子上批下十個大字：「佛門廣大，豈不容一顚僧！」監寺接過單子一看，一時不知所以，忙拿著單子退了下去，傳與衆人。衆人也不便說什麼，但道濟之稱爲顚僧，卻就此成名。

四‧瘋顛濟衆　酒中度人

　　自從有了瞎堂遠長老之「佛門廣大，豈不容一顛僧」之批語作護身符後，道濟越發瘋瘋痴痴，無所不爲，把一顛字認做本來面目，一至於連穿衣吃飯、屙屎撒尿，都帶著三分顛意，興趣來了，上禪床閉目養神幾個時辰，坐得累了，就跑到冷泉亭上，引著一班孩子戲耍玩鬧，有時到呼猿洞口，呼出猿來，同時對翻筋斗，酒癮一發作，則合著一幫酒鬼，去酒店一醉方休，倒也過得灑脫自在。有些僧衆見道濟如此不成規矩，便來稟告長老，長老只是勸慰，不加懲治，大衆無奈，只好聽之任之。

　　卻說有一天，有一位員外，因家中老太太病得厲害，遍請名醫診治，都不見好轉，就前來靈隱寺請誦經消災治病，監寺正領著大衆在殿上梵香誦經，只見道濟吃得醉醺醺的，手裡還托著一盤肉，一顛一顛走到佛像前，席地而坐，口中唱一回歌，吃一回肉，監寺一見，不由大怒，厲聲喝道：「道濟！你瘋也得找個時候，選個地方，這佛殿乃是莊嚴之地，今日又是施主在此齋供，你怎可如此裝瘋擾亂，成何體統？還不快滾！」道濟呵呵

笑道：「放你的狗屁！我在這裡吃肉唱歌與你何干？你們這班禿驢，受施主之齋供，卻在這裡假裝正經，有口無心，哪有我吃肉唱歌的利益大。」監寺無可奈何，欲自己報告長老，只恐長老又要護短，便央求員外，把道濟擾亂佛堂之事細細說與長老。長老一聽，便把道濟喚至丈室，問他何故擾亂佛堂。道濟道：「這些和尚只知道吃齋討供，懂得什麼梵修？弟子因見施主誠心，故特地來唱一個山歌，代他祈保祈保，不料卻遭這班禿子呵斥。」長老問道：「你唱的什麼歌？」道濟道：「弟子唱的是：你若肯向我吐真心，包管你舊病兒一時好。」長老一聽，點了點頭。眾僧正要上前分說，不料那員外家裡的一個僕人，慌慌張張進來稟報：「老太太的病已經好了，吩咐大人快快回去。」員外一聽，又驚又喜，問道：「太太臥床不起，怎麼一時便好了？」那僕人道：「老太太在睡夢中，聞得一陣肉香，不覺精神陡長，就似無病一般，竟坐了起來了。」員外一聽，看看道濟，倒地便拜，道：「老師真乃活佛，救母之恩，容當後報。」話猶未了，道濟一個筋斗，翻出了丈室。

卻說這道濟一個筋斗翻出丈室之後，獨自一個來到西湖上，過了蘇堤六橋，見天色已晚，就走進昔日常去喝酒的張公的小食店裡了，正好張公在家，忙招呼濟顛：「一連好幾天不見和尚，想是寺裡束縛緊了，走動不得？」道濟與張公是大熟人，就說：「閒話慢說，快去收拾些酒來吃要緊。」張婆在一旁聽著，忙說：「有！

有！我去收拾一下便來。」邊說邊進裡屋去準備酒菜，過了半個時辰，漉了兩碗豆腐，燙了一壺酒，擺在桌上，讓張公與道濟兩個對酌。道濟說：「難得你一家都是好心，如何消受！」張婆道：「菜實在不堪，酒倒是自家的，和尚盡管吃無妨。」道濟謝過之後，兩人你一碗我一碗，不覺喝了十五六碗，濟顛覺得有些醉意，說聲聒噪，便要起身告辭。張婆道：「寺裡不許喝酒，你如此醉醺醺的回去，倘被監寺看見，又要說話，莫如今晚就在此權宿一夜，明日一早再走。」道濟道：「出家人荒郊野塚何處不可下榻，豈能再在店裡攪擾！」邊說邊拿起破蒲扇，道了聲謝，就一搖一晃地顛出店門去了。

道濟約莫走了半個時辰，到了一片樹林中，此時月光皎潔，樹影婆娑，隱約看見前頭有一個人影晃動，道濟定神一看，只見那人手拿一根帶子，正在樹杈上拴套兒，道濟叫聲不好，此人欲要上吊自縊。

原來此人姓董名士宏，原籍浙江錢塘縣人，父早喪，母秦氏。他娶妻杜氏，早死，留下一女名玉姐。董士宏靠打手鐲、耳環等手藝為生。當玉姐八歲時，秦氏老太太染病不起，士宏親調湯藥，盡心服侍，但老太太的病一直不見好轉，因家境清貧，到了後來，不但藥買不起，家中更常斷炊烟，無奈，董士宏把親生的女兒典在臨安顧進士家作使女，十年贖回，典銀五十兩，給老太太治病。那知當老太太得知士宏把孫女典給人家當使女，以供自己治病後，一急之下，病愈發重了，一連七日不起，

竟自嗚呼哀哉了。董士宏把剩下的銀兩料理了母親的後事，自己到鎮江府那裡幹一些雜活，十年光景，好容易積湊了六十兩紋銀，那天便帶著銀兩，上路往臨安去了，準備把女兒贖回，另找婆家。這一日來到臨安，到原來顧進士住處一打聽，左鄰右舍告訴他：「顧老爺前年升了外任，現不知到那裡做官了。」董士宏猶如晴天霹靂，垂頭喪氣回到了客店，要了一大壺酒，一個人喝起了悶酒。不知不覺，醉入了夢鄉，等他醒來的時候，已躺在自己床上。原來店主見董士宏醉了，就叫人把他扶到他床上去睡。這董士宏醒來的第一個動作，就是急忙伸手往放銀處一摸，身邊的紋銀早已不翼而飛，只剩下五兩碎銀子。此一驚非同小可。想到自己十年辛辛苦苦積攢起來的血汗錢，一轉眼竟無影無蹤，豈不傷悲！而自己的女兒又不知下落何方，眼下孑然一身，無依無靠，越想越懊喪，越想越不是滋味，不如一死了之。想著想著，就走到這樹林來了。

卻說濟顛看見那人欲自縊，便逕直朝那人走將過去，口裡不停地說：「死了死了，一死就了。死了倒比活的好，我要上吊。」邊說邊解下絲縧，就要往樹上拴。董士宏一看，那僧人長得甚是不堪，有詩為證：

> 臉不洗，頭不剃，醉眼乜斜睜又閉，
> 若痴若傻若顛狂，到處詼諧好耍戲。
> 破僧衣，不趁體，上下窟窿線串記，

絨縧七斷與八結，大小絡鞋接又續。

破僧鞋，只剩底，精光兩腿雙脛赤，

涉水登山如平地，乾坤四海任逍遙。

經不談，禪不理，吃酒開葷好詼戲，

警愚勸善度群迷，專管人間不平事。

只見那和尚口裡叫著：「我要上吊」，頭就要往拴好的絲套裡鑽，董士宏趕忙走過去，問道：「和尚，你為什麼要尋短見？」濟公道：「我在外辛辛苦苦化了三年善緣，好不容易湊足五兩銀子，本想用來買套僧衣僧帽，那知道昨天在酒館裡多貪了兩杯，不知不覺趴在桌上睡了過去，醒來之後，銀兩也不見了，你看我這一身破衣衫，能熬過今多嗎？越想越沒意思，故來此上吊。」那董士宏一聽，原來和尚竟為了五兩銀子來此上吊，就趕忙對濟顛說：「和尚，你為了五兩銀子也不至於死，我囊裡尚有五兩碎銀子，留著也無用，你拿去買件衲衣穿吧。」說著就把一包碎銀子遞與濟顛。濟顛接過銀子，打開一看，笑道：「你這銀子既碎，成色又不太好，哪像我原來那五兩銀子銀光閃閃的。」董士宏一聽，心中頗是不悅，暗想：我白施捨你銀子，你還嫌成色不好，嘴裡則說：「和尚，你對付著使用吧。」和尚答應一聲：「那我走了。」說完掉頭就走開了。這董士宏心想，這個和尚好不懂人情世故，我白送他銀子，他不道一聲謝，連我的姓名也不問，真是無知之輩。正在氣惱，但想到

自己反正是死，就「噯」了一聲，不去想它了。正準備上吊，只見那個和尚又跑了回來，對董士宏說：「剛才我一見銀子，把什麼都給忘了，忘了問一下恩公貴姓？何方人氏？緣何到此？」董士宏便把自己如何典賣女兒為老母治病，如何辛辛苦苦積聚了十年工錢來此欲贖回自己女兒，卻把銀兩給丟失了，女兒至今不知下落何方等事，一五一十告訴了濟公，濟公一聽，點了點頭說：「原來如此，那你死吧，我走了。」這董士宏適才把一肚子苦水倒了出來，心裡剛覺得舒服一些，冷不防又被濟公當頭撥了一瓢冷水，心裡頓時全涼了，掉過頭來又準備上吊。這濟公剛要走，見董士宏又準備上吊了，就回過頭來對董士宏說：「你是真死？還是假死？」董士宏說：「當然是真死。」濟公：「既是真死，你這一身衣裳豈不白白給糟蹋啦，不如把這身衣裳也脫下來給我，好人做到底，你自己赤條條來，赤條條去，豈不更好？」這董士宏一聽，真被氣得話都說不出來，想到這和尚人情世故全然不懂，也不同他理論，雙手一抓絲縧，準備一了百了。此時濟公才哈哈大笑道：「施主，你不就是丟了五六十兩銀子嗎？這算得了什麼？銀子這東西，生帶不來，死帶不去，何必為它去尋短見呢！你不要著急，先把絲縧放下來，我幫你把女兒找回來，讓你父女團聚，如何？」董士宏說：「我把銀兩也弄丟了，即使找到女兒，也無錢把她贖回來啊！」濟公：「我自有道理，你同我走吧。」董士宏見和尚說話頗實在，就

問：「敢問和尚在哪方寶剎參修？法號如何稱呼？」道濟道：「我是西湖飛來峰靈隱寺道濟，人都稱我濟顛。」此時之董士宏一者已別無他路可走，二者見和尚不像在誆他，就解下絲縧，跟著濟顛走了。

此濟顛帶著董士宏，邊走邊唱起山歌：

> 走走走，游游游，無是無非度春秋。
> 今日方知出家好，始悔當年作馬牛。
> 想恩愛，俱是夢幻；說妻子，均是魔頭。
> 怎如我赤手單瓢，怎如我過府穿州，
> 怎如我瀟瀟灑灑，怎如我蕩蕩悠悠，
> 終日快活無人管，也無煩惱也沒憂。
> 爛麻鞋踏平川，破衲頭賽緞綢。
> 我也會唱也會歌，我也會剛也會柔。
> 身外別有天合地，何妨世上要骼髏。
> 天不管，地不休，快快活活傲王侯。
> 有朝困倦打一盹，醒來世事一筆勾。

這董士宏跟濟顛走了一陣，見他果真有點瘋瘋顛顛，就上前問道：「不知和尚欲把我帶往何處？」道濟說：「就快到了。」連問幾次，都是這樣。董士宏剛開始有點犯疑，不覺到了一條巷口，道濟回頭對董士宏說：「請問施主可還記得自己的生辰八字？」董士宏說：「別的記不住，自家的生辰倒一直未忘。」便把自己的生辰

告訴了道濟。道濟又問：「你可記得你女兒的生辰年歲？」董士宏說：「當然記得。」又把女兒的生辰年歲告訴了濟公。道濟道：「你在此巷口稍等，再一會兒如果有來人問你生辰八字，你就如實告訴他，第一，千萬別說錯了，第二，在未有人來問你生辰年歲之前，一定不要離開這裡，不然我道濟可就無法幫你找回女兒了。」董士宏連連說是。只見道濟朝巷口裡走，不多遠就有一座大院，門上懸牌掛匾，一看就知是一個大戶人家。道濟也不跟看門人打招呼，大大趔趔就往大門裡進，那個看門老僕見是一個窮和尚，估計是來化緣的，當即上前攔住道：「我家老爺今日有事，無暇布施，請你今日到別處去化緣，日後再來吧。」道濟道：「你家老爺姓趙吧？」那老僕道：「正是。」此道濟忙接著說：「這就對啦，我就是來找趙員外的，請你進去通報一聲，就說靈隱寺濟顛有事求見。」那老僕見濟顛似是認識他家員外，就如實對他說：「和尚，你來得不巧，我家員外今日正好不在家，到外面請名醫來替老太太治病了。」話音未落，只見前面來了一群騎馬之人，走在最前頭的就是本家主人趙文會，趙員外，在他旁邊的就是臨安城赫赫有名的「賽華陀」李懷春，在後面還跟著一位員外打扮的中年男子，他是趙員外的好友蘇北山，前段時間他家也是老太太生病，請了李懷春，吃了兩帖藥好了，今日特把李懷春薦給趙員外，並陪同他們一塊來到趙家。道濟見趙員外回來了，即過去攔住馬說：「三位慢走，

我在此守候多時了。」趙文會一見有瘋和尚攔住去路，趕忙跳下馬來，對和尚說：「和尚，我等今日有急事，化緣改日再來，今日不行。」濟顛笑嘻嘻地說：「有啥事比我的事還重要，你說來聽聽。」趙員外說：「我家老太太病重，今日特請來名醫替她老人家診治，請你不要在此攪擾。」濟顛哈哈笑道：「我還以為有什麼大事，原來是治病，你不早說，別的貧僧不行，治病可是最拿手的。」趙員外見和尚存心攪亂，就沒好氣地說：「我今日請來的先生，乃是當代名醫，你去罷，不用你啦。」濟顛也不理會趙員外已經生氣，陰陽怪氣地說：「你家老太太這病，還非得我治不可。」說後，就回頭問那個李懷春：「聽說先生是當代名醫，請問一藥，未識先生知是治哪一種病的？」李懷春問：「哪一味藥？」濟顛說：「新出籠的饅頭治什麼病？」李懷春沉吟半晌，道：「本草上無此味藥啊！」濟顛哈哈大笑，道：「連這也不懂，還說是什麼當代名醫。新出籠的饅頭治餓，你說是不？」大家一聽，面面相覷。濟顛又說：「看來你也不怎麼樣，我同你們一塊進去，說不定還可以幫上忙呢！」趙員外無奈，只好讓濟顛一同進院去了。

衆人進了客廳，趙員外招呼各位客人入座，因李懷春乃他請來的名醫，自然請他坐上席，可是話還沒出口，只見那濟顛大模大樣往上席一坐，回過頭招呼大家落坐，倒像他是主人似的。趙員外當面又不便說，趕快請李懷春坐下。大家剛坐定，趙員外就吩咐僕人上茶。只

聽那濟顛接著就說：「茶不必啦，有好酒儘管來幾壺。」趙員外心中好生不快，又礙著眾位，只好吩咐僕人上酒菜。濟公一見有酒，精神就來了，起初上一碗喝一碗，到後來索性自倒自喝，旁若無人。趙員外等人此時那有心喝酒，巴不得趕快喝完酒好給老太太治病。濟顛全然不管這些，只顧大碗大碗地喝酒。約莫喝了十五六碗光景，濟顛已有三分醉意，只見他抓起破衣袖往嘴上一抹，連說：「好酒，好酒。有這等好酒墊底，那有治不好的病，給老太太治病吧。」好像今日趙員外請的是濟顛而不是李懷春，把一旁的李懷春惹得好生不快。趙員外請僕人把酒席撤了，眾人喝了杯茶，趙員外就請李懷春給老太太看病。

　　卻說這老太太原也是一個富戶千金，自嫁到趙家後就生趙文會一子，約三十來歲時得了一場大病，經過百般診治，病雖好了，但自此雙目失明，趙文會對母親十分孝敬，為了留在家裡照顧老母親，放棄多次科舉當官機會，在家繼承祖業。前些日子，因趙文會的兒子貪玩爬到樹上，不小心跌了下來，摔成重傷，老太太一急，就昏死過去了，好幾天一直躺在床上，不省人事。趙文會把李懷春引進老太太房內，李懷春給老太太看看脈，說：「這是痰瘀上行，非把這口痰吐出來不能好。但老太太是上了年紀的人，氣血兩虧，不好用藥，看來這病我是無能為力了，員外另請高明吧。」趙員外一聽，頓時瞎眼了，忙問還有沒有其它辦法，李懷春心想，這病

看來請誰也是徒勞，但又不便明說，就對趙員外說：「我有一個朋友，叫湯萬方，專治疑難雜症，可請他來看看。」濟公在旁邊一聽，就說：「你不叫賽華陀嗎，怎麼連這麼一點病也治不了，看來不過徒有虛名罷了。」這李懷春一聽濟顛在挖苦自己，也反唇相譏：「你剛才不是說有這樣的好酒墊底，什麼病也可以治好嗎，怎麼不給看看？」濟公道：「這乃小菜一碟也，看我的！」說完就往老太太的房間裡走，趙員外等人隨後也跟了進去。只見濟顛來到老太太床前，先用手拍了兩掌，說：「讓我把老太太的痰叫出來就好了。」之後，手裡拿著破蒲扇，對著老太太嘴往回一煽一煽，口裡念道：「痰啦痰啦，快出來罷，老太太快要堵死了。」這李懷春在旁邊一聽，差點笑了出來，心想：這不是外行嗎？誰知他正想著，只聽老太太一聲咳嗽，吐出一口痰來，竟然一骨碌坐起來吐痰了。趙文會趕忙過來扶著老太太。濟顛此時伸手從口袋裡掏出一塊藥，趙文會問：「和尚，這藥叫何名？」濟公呵呵笑道：「此藥隨身用不完，並非丸散與膏丹，人間雜症他全治，八寶伸腿瞪眼丸。」濟公說罷，就把藥放進碗裡，讓老太太喝了，說來也怪，沒過半個時辰功夫，老太太竟然痊癒了。趙文會大喜，忙說：「多謝聖僧，多謝聖僧！」這蘇北山在旁邊看得明白，知道這濟顛有些來歷，忙過來悄悄地對趙文會說：「你何不趁此機會叫這位聖僧治治你母親的眼疾，說不定能治好也未可知？」趙文會覺得北山兄說得甚是，忙對道濟說：

「聖僧慈悲，我母親這眼疾已有二十幾年時間了，不知能不能治？」道濟說：「要治老太太的眼疾不難，但須依我一個條件。」趙文會忙說：「什麼條件，聖僧儘管說。」濟顛道：「那好，等我治好病後再說。」只見他又從身上掏出一塊「隨身搓」的藥，叫人端來一碗「陰陽水」，之後又說：「藥是有了，尚欠藥引子。」趙文會忙問：「需要什麼藥引子？」濟公道：「這藥引子別的不行，非得有兩個人的眼淚方可。」趙文會問：「哪兩個人？」濟公道：「一個男人，一個女人。男人須是五十二歲，五月初五日生；女人須是一十九歲，八月初五日生。」趙文會忙叫家人去尋找所說歲數之人。家裡人搜腸刮肚，把自己所知道年歲的人都篩了一遍，都沒有五十二歲男人，女的倒有一個，是一位遠房姑奶奶的婢女，今年正好一十九歲，還不知是哪日出生的。趙文會忙叫人去把那個婢女找來，這邊叫僕人再尋找五十二歲男人。濟公在旁邊插了一句：「家裡找不著，就到門外，門外找不著，就到大街上，如果老太太眼睛命該治好，總有這個人。」聽了濟公的話，僕人果真都到門外去找了。剛走到巷口，見站著一個壯年人，年約半百，一個僕人就上前問道：「老兄貴姓？」那人說：「在下姓董名士宏，在此等人。」僕人又問：「敢問老兄今年貴庚？」那董士宏道：「今年五十二歲。」僕人大喜，又問：「老兄可是五月初五日生？」董士宏道：「正是。」僕人忙叫他到他家去一趟，董士宏問道：「我與你家主人素不

相識，到你家做什麼？」僕人就將藥引子的事告訴了他。董士宏跟了那僕人進了趙家大院，一進門，見了濟公、趙文會等，在一旁坐下。等了片刻功夫，只見一個婢女引著一個女子從門外進來了，這董士宏不見猶可，一看進來的正是自己苦苦尋找的女兒玉姐，也顧不得是在趙家，走上前去一把拉著那女子的手，說：「女兒，你還認得老父嗎？」那女子定眼一看，果真是自己日夜思念的父親，也顧不得眾人都在場，撲進父親的懷裡大哭起來了。大家都被這突如其來的事給搞懵了，濟公忙說：「還不趕快拿碗去接眼淚。」趙文會一聽，方才醒悟過來，趕快叫僕人拿碗去接眼淚。接過眼淚，濟顛先撇下董士宏父女不管，把剛才調好的藥倒進這裝眼淚的碗中，叫人端去給老太太喝，老太太喝完藥後，只覺得鼻頭一酸，一串眼淚掉了下來，用手一揉，兩眼竟然睜開了，忙用手指著趙文會說：「兒啊，你過來，我的眼睛真的能看見東西啦，你過來讓我好好看看。」趙文會趕忙走過去，對母親說：「多虧了這位聖僧，把娘的病和眼睛都治好了。快過來謝謝聖僧。」濟公在旁邊聽著，就說：「不用謝了，你娘的病也好了，我們來說說前頭我說的條件吧。」趙文會忙說：「有什麼事聖僧儘管吩咐，我一定照辦。」濟顛說：「痛快，痛快。」他拉著趙文會的手來到董士宏父女面前，對他說：「這父女倆已經離散十年了，你就讓他父女倆團圓吧。」趙文會說：「這好辦，叫人給他那位姑奶奶再買一位婢女，這丫環

就讓這位老兄帶回去就是了。」原來這玉姐家的主人就是那姓顧的進士，前段時間隨主人回臨安來，沒想到竟在此見到自己的生身父親。聽趙員外這一說，高興得連聲道謝。趙員外又讓家人拿出一百兩銀子，送予董士宏，讓他回家做一些小生意。這董士宏因欲尋短見遇上濟公，真是因禍得福，當時千恩萬謝了濟公和趙員外，領著女兒回家不提。

再說這趙文會見濟公不但治好了他母親的病，而且老太太雙目也復明了，十分高興，正欲稱呼濟公，向他道謝，方才想起至今尚不知道這和尚姓甚名誰，一問，才知道乃是靈隱寺濟公長老，當下叫家人大擺宴席，道濟也不推辭，一連又喝了好幾碗酒，方才起身告辭。趙文會叫家人取出一百兩銀子要酬謝濟公。濟公搖搖手中的扇子，說：「出家人要那銀子有何用？你如要謝我，附耳過來，如此如此。」趙文會忙說：「聖僧寬心，在下是日必到。」趙文會見濟公衣衫襤褸，就叫僕人拿來兩疋綢緞，要送予濟公做衣衫，濟公一看呵呵笑道：「出家人穿這綢緞，成啥模樣？不過，既是員外一番盛情，我就拿著吧。」接過綢緞，破蒲扇一揚，說聲後會有期，竟自出門去了。

濟公抱著綢緞，一搖一晃，邊走邊唱歌，歌道：

南來北往走西東，看得浮生總是空。
天也空，地也空，人生杳杳在其中。

日也空，月也空，來來往往有何功？

田也空，土也空，換了多少主人翁。

金也空，銀也空，死後何曾在手中。

妻也空，子也空，黃泉路上不相逢。

官也空，職也空，數盡尊隨恨無窮。

朝走西來暮走東，人生恰是採花蜂。

採得百花成蜜後，到頭辛苦一場空。

夜深聽盡三更鼓，翻身不覺五更鐘。

從頭仔細思量看，便是南柯一夢中。

　　濟公走了約半個時辰，過了萬松嶺，見有一群乞兒，雖然身上也都穿著衣服，但身子露在外面的，比有破布遮著的還多，均倒在地上蜷縮得像龍蝦一般，濟公看後，甚是不忍，連叫「苦惱啊，苦惱，你們這些孩童，可要人周濟麼？」眾乞兒一聽周濟二字，都一骨碌爬了起來，把眼睛睜得大大的，一看是一個窮和尚，衣衫破得跟自己差不了多少，一個個又懶洋洋躺了下去。濟公見眾乞兒又躺下，就大聲道：「我問你們可要周濟麼，你們怎麼爬起來又躺下了呢？」只聽其中一個乞兒抱怨道：「我等饑寒交加，哪有不希望周濟的，但見你這個和尚，窮得與我們也差不了多少，哪能有什麼周濟我們的？」濟公道：「難怪你們饑寒交困得這般模樣，原來一味地欺人。我雖是一個窮和尚，但這裡有財主的貨物在此。」遂用扇子拍拍懷裡的兩疋綢緞。有個乞兒接著便說：「和

尚，你自己身上也張燈結彩的，難道這些綢緞就不留下自己用麼？」濟公道：「我若要自己用，又叫你們幹啥？這些綢緞不但我自己不相宜，你們也不合用，你們可以拿到城裡，換些銀兩和布匹，救救眼下的饑寒。」說罷，遂把兩疋綢緞一齊付予乞兒。眾乞兒謝過濟公，忙忙入城換銀兩布匹不提。濟公搖著破蒲扇，一顛一顛地回靈隱寺去了。

五·遠公西歸　道濟探舅

卻說道濟剛回到寺裡，就有一個小僧來喚，說首座和尚在找他。他去見了首座。首座劈頭就問：「你這兩天都跑到哪裡去了，長老一直在找你。」道濟問長老找他何事？首座說：「你自己去問長老罷。」說完掉頭就走。道濟來到丈室，參見了長老。長老道：「今日有件事得告訴你，我世壽已盡，不日將西歸，此靈隱寺雖說是當今天下一個大寺，但這一寺僧眾，多是只能自修，不能濟眾，你根機甚利，今後此靈隱寺就得靠你支撐局面了。但你自出家以來，常常壺中日月，醉裡乾坤，裝瘋弄傻，遊戲人生，僧眾們多有微辭，是我從中攔著，才相安無事，我這一去，你凡事可要正經一些，免得裡外閒話。」這道濟雖然平時瘋瘋顛顛的，聽了師父這話，也不免心頭一震，忙說：「師父道行高深，身體康健，哪有西歸之事？弟子雖然平時浪蕩一些，但師父的教誨卻常銘記在心。至於住持靈隱寺之事，因弟子懶散慣了，恐有負師父一番苦心了。」長老道：「我的話已說到了，你好自為之吧。現在沒事啦，你去叫首座來一下。」道

濟退出了丈室，心中頗不是滋味，此時更想起師父平時的許多好處。想著想著，不覺已到首座住處，忙叫首座去見長老。

卻說瞎堂遠長老找過道濟和首座之後，過了兩天，就坐化而去了。首座知道後，忙派人去尋找道濟，那裡找得到他!?首座無奈，就安排眾僧料理後事，並派人通報諸山長老。

一連過了五六天，都不見道濟的影子，首座令用龕子將長老盛了。眾僧議論紛紛：「沒想到平時長老待道濟甚厚，道濟卻將長老待得甚薄，不知何故？」直到舉殯那一天，只見道濟一隻脚穿著蒲鞋，一雙手提著草鞋，口裡還唱著歌，歌道：

> 堪嘆人生不誤空，迷花亂酒逞英雄。
> 圖勞到底還我祖，漏盡之時死現功。
> 弄巧長如貓捕鼠，光陰恰似箭流行。
> 倘然使得精神盡，願把屍身葬土中。
> 急忙忙，西復東，亂叢叢，辱與榮，
> 虛飄飄，一氣化作五更風，百年渾破夢牢籠。
> 夢醒人何在？夢土化無蹤。
> 說什麼鳴儀鳳，說什麼入雲龍，
> 說什麼三王業，說什麼五霸功，
> 說什麼蘇秦口辯，說什麼項羽英雄。
> 我這裡站立不寧，坐臥魔生。

看破了本來面目，看破了天地始終。

只等到五蘊皆空，那時間一性縱橫。

　　眾僧見道濟回來了，忙迎上前去，對他說：「師父平時待你如何？今日師父圓寂了，虧你忍心竟不來料理！大眾等你不得，今日與師父舉殯，專望你來下火，你千萬不要又跑到別的地方去了。」道濟笑道：「師父圓寂，有所不免。有什麼料理用得著我？要我哭，我又不會。今日下火，乃是師父之命，我焉能不來，何消你們空著急！」眾僧被他說得沒能開口。這時寺裡鐘鼓喧天，經聲動地，靈隱寺眾僧並諸山來送葬的僧人簇擁著龕子，擡到一棵大松柏樹下，解下了紅索，請道濟下火。道濟乃手執火把，大聲唱道：

　　師是我祖，我是師孫，著衣吃飯，盡感師恩。

　　臨行一別，棄義斷恩，火把在手，王法無親。

　　咦！與君燒卻臭皮囊，換取金剛不壞身。

　　唱罷，舉起火把，把龕子燒著，一時烈焰騰騰，舍利如雨。此時長老所養的那隻金絲猴從冷泉亭跳將下來，在放龕子的地方繞了三匝，哀鳴數聲，立地而化，眾人盡皆驚異，方知長老道行不凡。

　　事畢，眾僧便對道濟說：「如今師父圓寂了，禪門無主，你是師父的傳法弟子，日後須要正經些，替師父

爭口氣。」道濟罵道：「我那些不正經？要你們這般胡說。」眾僧道：「你一個和尚，整天哼哼哈哈唱什麼山歌，正經嗎？」濟顛道：「鳥語水聲，皆有妙音，何況山歌！難道不唱山歌，念念經兒，就算正經？」眾僧又道：「你是佛門弟子，經常與猴犬同群，小兒作隊，戲耍玩鬧，這成何體統？」濟顛道：「小兒全天機，狗子有佛性，不同他遊戲，難道與你們這班裂裟禽獸胡混不成！」眾僧見他滿嘴瘋話，便不再多說，卻是首座道：「閒話都甭說了，只是師父遺命，叫將衣缽交與你，你須收去。」濟顛道：「師父衣缽，我早已收了，至於衣缽以外的物件，我要他何用？」首座道：「這是師父遺命，你縱使不要，也須作個著落。」濟顛道：「既是如此，且將師父遺物擡將出來。」首座叫侍者將長老的遺下之箱子龕子都擡了出來。濟顛道：「既是師父遺物，凡此寺中的和尚都有份，須齊集大眾一同開看方可。」首座道：「這是師父傳命給你的，又何必這樣炫耀張揚!?」濟顛道：「你不必管，先叫眾人同看了再作道理。」首座只得叫人撞鐘擂鼓，聚集大眾。濟顛當眾把箱龕一齊打開，只見黃的是金，白的是銀，放光的是珊瑚，吐彩的是美玉，艷麗的是裂裟，細軟的是衲頭、經卷，琳琅滿目，無般不有，眾僧個個眼裡放光。首座弄不清楚濟顛要搞什麼名堂，只在一旁看著。濟顛看看眾僧，然後大聲說道：「這是師父的遺物，本寺的僧眾個個有份，你們想要什麼就拿什麼罷。」起初大家以爲濟顛說著玩，

沒人敢動手，濟顛見大家站著不動，放開嗓門大聲說道：「怎麼啦，大家都不要，那我就拿出去周濟窮人了。」這時一個膽大的僧人上前挑了一塊元寶，往懷裡一揣，這一來，眾僧便爭先恐後走上前去，你一件，我一件，你搶我奪，不一會兒功夫，把幾箱龕的東西搶得一件不存。濟顛在旁邊看著，哈哈大笑道：「快活，快活，省得遺留在此，作師父的話柄。」說完破蒲扇一揚，又到各處玩耍去了。

這首座看著濟顛的這般舉動，直是搖頭，原想長老這些遺物，假若濟顛不要，亦可留作常住公用，沒想到濟顛如此處理，心裡頗是不快，因長老說明是留予濟顛的，又不便阻攔，眼睜睜看著眾僧把長老遺物搶個精光，長嘆了一口氣，回房裡去了。過了幾天，按照當時慣例，發帖子請了諸山長老代表來靈隱寺「會湯」，商議另請長老住持之事。當眾人語及濟顛時，那首座說：「這道濟原是本寺長老的得意弟子，但一直瘋顛得不成個樣子，本以為長老圓寂之後，他會正經一些，沒料到他愈發瘋得厲害，料理長老的後事，他連個影子也不見，前天回到寺裡，把長老的遺物分光之後，又不知跑到哪裡去了。長老臨走之前，聽說也曾囑他好好住持本寺，但他一口回絕，因此，今日還請各位給舉薦一位高僧來住持本寺。」大家見首座這麼一說，也不再談論道濟了。最後，大家推薦寧波天童寺昌長老來靈隱寺當住持。

卻說這昌長老在當時江南叢林中也是頂頂有名的一

位高僧，尤以戒行精進、治寺峻厲聞名。僧眾聽說昌長老要來靈隱寺當住持，那些平時與道濟較相投的，暗暗替道濟擔心；而那些看不慣道濟日常行事的，則私下在說：「這下道濟可有罪受啦。」而此時的道濟還在外面逍遙自在。那天從王太尉家喝酒回來，剛到飛來峰牌樓下，則有一小僧告知道濟這一消息，並悄悄對道濟說：「師兄，你日後可要正經一些，不然新來的長老可就要懲治你了。」道濟一聽，哈哈大笑道：「什麼昌長老，我偏偏不讓他管，看他能把我怎麼樣！」說完，就往自己的住處走去。沒走幾步，又掉回頭來，對那個小僧說：「小兄弟，我有件事託你，你可願意幫我的忙？」小僧問什麼事，道濟說：「我要趁新長老來寺之前，回老家一趟，今後如果首座問起我到那裡去，你就告訴他，我回天台去了，如何？」這小僧一開始也不敢承攬此事，無奈經不起道濟小兄弟長、小兄弟短地再三央求，也就答應了。道濟趕忙回住處收拾行囊，當夜就啟程回天台縣了。

　　卻說這道濟自出家至今，一晃已有四年光景，這次回歸故里，發現村莊雖沒大改變，但情景卻多有異樣。一進西村口，路北一座鎖著大門的院子，正是濟公當年自家住宅，靠東緊挨著的那座院子，則是其母舅王安世的家，路南的那座大院是韓員外的宅子。自從道濟到臨安靈隱寺出家後，母舅王安世就把其家的房子騰空，貼上了封條。道濟今日一看，觸景生情，回想當年父母在

堂，家中一呼百諾，好不熱鬧，沒想到今日落得空房一座，自己形影孤單、孑然一身，未免頓覺淒涼。他把臉貼在大門上，從門縫裡往裡看，只見落葉滿地，蛛網密布，真是兔走荒苔，狐眠敗葉，俱是當年歌舞之地；露冷黃花，煙迷剩草，亦係舊日征戰之場。雖說這道濟幾年來屢好遊戲人生，但此情此景，卻也使他幾年來頭一次落下了傷感的眼淚。他趕忙用破衣袖把眼淚一抹，就朝母舅家走去了。

在王安世家門口看門的，還是幾年前的李福，道濟一見，忙上前招呼：「李大爺，近年來一切可好？」這李福攛頭一看，是一個窮和尚，心想：這個和尚以前從未見過，怎麼會認識我呢？就說：「師父，你是來化緣的罷，我進去給你拿點飯菜來。」正欲往裡走，正好王安世從裡頭出來。道濟一見，趕忙上前施禮道：「舅舅在上，外甥李修元給舅舅行禮。」王安世一瞧，是個窮和尚，衣衫襤褸不堪，自己並不認識，就對李福說：「你去拿兩吊錢來給這位大師父，讓他到別處去罷。」道濟一聽，知道母舅也不認識自己了，就大聲地說：「舅舅，不用拿錢，我是修元啊。」這王安世一聽，才定神細細看了道濟好一陣子，始覺有點像李修元，便半信半疑地問：「你果真是修元？」道濟道：「外甥在下，舅舅不認識啦？」王安世這才漸漸認出他來，忙叫人把修元帶至書房，吩咐家人打來洗臉水。這道濟把臉上的泥垢一洗淨，王安世一看，這何嘗不是修元？就說：「你怎麼

會落得這步田地？快說與舅舅聽聽。」道濟道：「說來話長，晚上慢慢再說罷。」王安世忙叫人拿來衣服，讓修元換了。道濟換過衣服後，把自己的破衲衣、破僧帽捲好，交與母舅，說：「舅舅，可千萬別把這破衣裳扔了，扔了可有罪，我日後還得用這身衣裳呢！」王安世聽後，覺得又可氣又可笑，道：「你這孩子真是胡鬧，放著萬貫家財不享用，自己跑到外面去受苦。你說說看，你自出生以來，什麼時候穿過這麼破的衣裳？知情還好，是你自己死活要出去的，不知情者還以為我這個當舅舅的貪圖你家的財產，把你逼走的呢？你就行行好吧，不要再出去折騰了，改天舅舅帶你去國清寺還俗，在家好好重整家業，方是正道。」道濟笑道：「舅舅所說雖然也有道理，但出家自有出家的好處。我雖然身無分文，衣裳也破了些，但跳出紅塵，靜觀雲水，笑傲江湖，醉裡乾坤，到處有緣到處樂，隨時隨分隨時安，省卻了塵俗的許多煩惱，倒也逍遙自在。」王安世說：「好啦，不要再跟我耍貧嘴了，這回舅舅不會再讓你胡鬧了。」正說著，只見王全抱著一個小孩從外頭進來，一見道濟，趕忙放下小孩，跑過來一把抓住道濟的雙手，高興地說：「修元，你這一去就是三四年，怎麼連個音訊都沒有，我好想你啊。怎麼樣，這幾年在外面混得還好吧！」王安世一聽兒子這麼說，就接過話說：「還好呢！你要是早一點回來，也可以看看你表弟剛才的那副狼狽相，活像個乞丐，連我都認不出來了。」道濟一聽，只是「呵

呵」地笑，也不多說。他見剛才王全抱著小孩進來，就問王全：「剛才你抱的那個小孩……？」王全忙說：「那是我的兒子，你走後第二年，爹就催我把婚事辦了，娶的是永康村趙員外的女兒，前年生下了這個犬子。」道濟問：「怎麼不見嫂夫人？」王全道：「昨天有事回娘家去了。」王安世聽了他倆的這番談話，突然想起一件事，就插話道：「對啦，有件事早就想同你說了，你父母在日，給你定下了一門親事，是寧遠村劉員外的千金，叫劉素素。劉員外前幾年亡故了，過了不久夫人張氏也身染重疾，撒手而去，這劉素素現寄居娘舅董員外家，這董員外曾幾次同我談起此事，因你出家在外，我都借話搪塞過去了，你這次回來得正好，還俗之後，擇個吉日，把劉小姐搬娶過來，也了卻當舅舅的一樁心事，不知你意下如何？」道濟一聽，忙說：「不急，不急，此事慢慢再作商議。」當下道濟與王全又家事世事、天上地下地聊了一通，王安世已叫家人把晚宴擺好，一家人圍坐一席，開懷暢飲，好生痛快，席間王安世屢屢問及道濟在外行事，道濟半真半假地對付著回答，並不說出自己的道德來歷，還時不時地用一些話勸解老舅舅，意在度脫娘舅，可這王安世貪戀紅塵，毫無離俗之意，道濟只好大碗大碗地喝酒，直喝得酩酊大醉，王安世只好叫人扶他進房歇息，是夜無話。

第二天一大早，王全就來叫道濟。兄弟倆吃過早飯，就到外面盡情遊玩了一天，當晚兩人說定，第二天到國

清寺。王安世聽說他們要去國清寺，也說明日可與他們同行，順便去參拜寶悅長老，說他已有好些日子沒去國清寺了。王全見父親欲同去，更是高興。次日爺三個，兩人騎馬，員外坐轎，帶了兩個隨身僕人，就上國清寺去了。因是去國清寺，道濟仍然是一身出家人打扮，原先他要穿本來那套破衲衣，王安世無論如何不同意，只好作罷，另穿了一件新的衲衣。一行人剛到山門，已有人進去通報寶悅長老，長老趕忙出來迎接員外。原來這王安世乃是國清寺一大施主，每逢僧俗節日，都要派人送些物品到寺裡，山門的那個牌樓，也是他布施興建的，因此，寺中僧眾大多認識他，寶悅長老也頗敬重他。把王安世一行三人迎進客堂，寶悅長老見道濟一身出家人裝束，就問王安世此位僧人是誰？法號如何稱呼？現在哪方寶剎參修？王安世道：「他是在下的外甥，現在臨安靈隱寺出家，法號道濟；原本俗名本叫李修元，乃是本寺前任住持性空長老給取的名字。」寶悅長老對此事以前也略有所聞，聽王安世這麼一說，連稱：「善哉，善哉，性空長老平素不涉世事，既是他老人家給取的名字，必定與我佛有緣，今日既在靈隱大寺精修，日後必成法器，可喜！可賀！」王安世正欲說什麼，道濟連忙打岔道：「承蒙性空長老指點，小僧才有幸投身佛門，無奈下根鈍劣，冥頑未開，日後還有請長老多多教誨。」寶悅長老道：「你我既同為釋子，便是一家，何須客套!?」寒暄一陣之後，道濟提出欲去拜謁性空長老之靈塔，寶

悅親自陪同前往。拜謁過性空長老的靈塔，寶悅長老設素宴款待了王安世一行。宴後道濟與王全到寺裡各處轉了一圈，三人便告辭了寶悅長老，打道回府。

卻說這道濟自從聽娘舅說他父母曾替他訂下一門親事，那個劉素素小姐至今還在等著他後，心裡一直在犯嘀咕：「此事總得有個了結，不然害得人家空等，誤人青春，豈不罪過!?」那天吃過中飯，他向娘舅要那件破衲衣一用。王安世問他作何用處，他只說想自個出去轉轉，順便化化緣。幾經糾纏，王安世無奈，只得叫家人把那包破衲衣給了他。道濟穿了僧衣、戴了僧帽，把破蒲扇一抓，又現出了三分顛意，獨自出村去了。走到一無人處，他故意把自己的臉弄髒，一顛一顛往寧遠村去了。

卻說那劉素素的舅舅董員外，在這一帶也算是一個大戶人家，道濟到寧遠村後，幾乎用不著打聽就找到董家大院。他往門口一站，看門的老頭就知道是來化緣的，連問也沒問就到屋裡拿出一個饅頭遞與道濟。道濟接過饅頭，張口就啃，兩三口就把饅頭啃完了，好像一連幾天沒吃過飯似的。看門的老頭看道濟餓得可憐，又想進去再取一個饅頭給道濟，道濟忙說：「施主，不用再拿了，我今日不但是來化緣的，同時是來治病的。」那老頭說：「我家主人沒有病啊！」道濟說：「不是你家主人生病，是你家小姐病了，而且病得不輕。」看門的老頭說：「我家小姐也沒病，你不要信口胡說，給我家老

爺聽了，可要怪罪你了。」兩人正在那裡你一句、我一語爭吵，那董員外在裡頭聽到外面的爭吵聲，便走出來看看究竟發生了什麼事。一問，才知道原來兩人為要給小姐治病而爭吵。那董員外一想：這就怪了，劉素素這幾個月來確實有點反常，經常自個悶悶不樂，不思飯食，眼看消瘦了不少，問她因為何事，她也不說，也許是中了什麼邪道，讓這個和尚給看出來了。如果是這樣，讓這個和尚進來看看，做做法事，驅驅邪，敢情是樁好事。想著想著，就對道濟說：「好吧，你跟我進來吧。」道濟一聽，朝那個看門的老頭作了一個鬼臉，大搖大擺進院裡去了。

進客廳坐定，董員外讓僕人倒了一杯茶，道濟呷了兩口，就說：「喝茶是小事，治病要緊，把你家小姐喚出來讓我看看。」董員外怕劉素素中邪的事讓外人知道了不好，就帶道濟去了小姐房間。

要說生病，這劉素素倒也沒有什麼病，只因自她父母亡故，客居舅舅家後，雖然舅舅一家人待她甚好，但畢竟有寄人籬下之感，因此，經常私下哀嘆自己命苦；加之，父母在日時把自己許配給永寧村李員外的公子李修元，可是，幾年來音訊全無。一個女兒家，這種事自己又羞於啟齒，因此只是暗自傷悲，經常整天呆在房間裡，讀書、刺繡，有時也吟幾首詩，作幾個對子，借以解悶。那天董員外帶道濟去她房間時，她正在寫一個對子，見兩人進屋來，忙把寫好的半聯塞進一疊宣紙底下，

起身招呼娘舅並給道濟讓座。董員外沒把請道濟的來意說明，只說此位師父擅長占卜、相命，想叫他與劉素素看看八字。此劉素素向來也覺得自己命運多舛，既然要給自己看八字，就讓他看看吧。道濟此時也順水推舟，一本正經地問起劉小姐的生辰八字來了。當劉素素報完生辰八字之後，道濟裝著掐掐指頭，晃晃腦袋，然後叫他們兩人稍微迴避一會，他要擺擺「流年」，算算吉凶禍福。當董員外與劉素素出去之後，他掀起宣紙，只見上面寫有半副對聯，寫的是：

　　寄寓客家，牢守寒窗空寂寞。

　　道濟一看，連聲稱妙，十一個字都有寶蓋，上四個字說的是：自己父母雙亡，在舅舅家住著，就算寄寓客家一般；下七個字則是說：自己孤單一人，獨坐香閨，甚是寂寞，何時才是出頭之日。道濟看罷，提起筆來，寫出了下聯。寫的是：

　　遠避迷途，退還蓮逕返逍遙。

　　這十一個字也堪稱妙對：全是「走」側，上四個字意思是說，人生在世，如同大夢一場，平常之人不覺悟，有如在迷途之中；下七個字是說：與其在迷途中徘徊，不如跳出紅塵，離俗出家更為逍遙自在。道濟寫完對聯

之後，把筆往案上一擱，一溜煙從後門出董家院子去了。當董員外與劉素素回房間時，早已不見道濟的人影，只見案上留著半聯對子。董員外拿起一看，琢磨了半天，莫名其妙，還是劉素素當事者清，一看對聯，心中暗暗稱妙。加上道濟來無蹤，去無影，劉素素更信這是高人指路，過沒多久，就出家到附近的一個尼寺中當尼姑了。

道濟這次回歸故里，原只為二事，一是探望娘舅王安世、表兄王全；二是拜謁性空長老靈塔。此度劉素素出家一事，可以說是額外的收穫。諸事既已完畢，道濟在舅舅家也就呆不住了，那天提出要重回靈隱寺，王安世和王全百般勸阻，俱是徒勞，無奈，只好暗地為他多準備了一些銀兩、乾糧。離家那天王全一直送他到十里亭，兩人只好互道珍重，含淚而別。而娘舅替他準備的那些銀兩、乾糧，第二天就被道濟施捨淨盡了。

六‧飲酒食肉　不礙菩提

　　道濟這次回歸故里，加上四處化緣、參訪，前後有半年時間。那天回到臨安，便逕直回靈隱寺來了。過了飛來峰，剛要進入寺裡，正好撞上首座。首座見到道濟，便叫住他。道濟原以爲首座要罵他一頓，結果出乎意料，首座似頗關心地對他說：「如今寺裡請了新的長老，此昌長老可不比你舊時的師父，甚是屬害，今後凡事須要小心一些。」道濟道：「屬害些才好，免得你們老是欺負我。」首座說：「你不犯規矩，誰人欺負你。」遂把道濟帶到丈室來見長老，稟告道：「此僧乃先住持遠長老的徒弟道濟，前些日子遊天台去，今日才回。」昌長老道：「莫不就是飲酒食肉的濟顚？」道濟應道：「正是弟子，向日確好吃幾杯，如今酒肉全戒了。」昌長老道：「旣往不咎，若果戒了，可掛名字，收了度牒，去習功課。」道濟說「是」，就跟著首座到禪堂去了。

　　道濟此次回來之後，與以前判若二人，一連二個多月時間，足不出寺，一本正經在禪堂參禪打坐，連首座和監寺都覺得有點奇怪，有人則說以前道濟飲酒食肉、

瘋瘋顛顛，都是遠長老放縱的，現在昌長老一嚴厲，也不瘋了，可見牛要籠頭馬要鞍，不管什麼樣的人，管教一嚴厲，也就乖了。

卻說這道濟在禪堂憋了二個多月，那天酒癮又發作了，確是熬不住，便悄悄溜到香積廚。那時已是隆冬，道濟仍是那一身破衣裳，兩條腿全露在外面，火工看不過，就對道濟說：「師父給你留下那麼多衣缽，你一個也沒要，叫眾人搶了去，如今這三九天，你還赤著兩條精腿，卻有誰來關照你？」濟顛道：「冷倒不怕，就是好長時間滴酒未沾，煞是難熬，你行行好吧，給我弄一壺酒來，我會好好謝謝你的。」火工見他說得傷心，便說：「你若想吃，我這裡倒有一壺在此，請你吃不打緊，只是若讓長老知道了，要受責罰的。」道濟說：「難得阿哥好心，我躲在這裡吃，長老怎會知道!?」火工經不起道濟苦苦哀求，便把酒壺給了他，還從廚裡拿出一小碟蠶豆、幾塊豆腐讓他下酒。道濟迫不及待拿起酒壺就往嘴裡灌，連碗也不用了，連叫「好酒，好酒，勝似那菩提甘露！這兩個月坐禪，快把我的慧根也坐鈍了，靈性也坐沒了，倘若再坐兩個月，恐怕連天生的那一點靈光也坐跑了。」火工在一旁看道濟那般模樣，禁不住「噗嗤」地笑了。道濟說：「笑啥！這黃湯，可真是個好東西，喝得多啦，不但可以使人忘卻煩惱，而且能夠找回本然天機！那像坐禪，會把活人坐死，好人坐呆！」說完，又是仰頭一大口。片刻時間，那酒壺已是底朝天了。

火工看一壺酒都被道濟喝光了，便對道濟說：「這可是一壺陳年老酒，你一下子喝了那麼多，再一會兒酒性一發作，你可要醉成一團，長老知道了，可就要責罰我了，你不如趁著現在雪停了，到外面去走走，等酒性過後再回去，免得自找苦吃。」道濟覺得也是，遂謝過火工，從香積廚後門，一溜煙逃出寺去了。

卻說這濟顛出了靈隱寺後，心想，我已好些時間沒進城，許多朋友都生疏了，不如趁著今日清閒，到各家去走走。想著想著，便往蘇北山家走去。因為下雪，那天蘇北山正好在家，一聽通報濟公來訪，趕忙出門把道濟迎了進去。一見面就問：「聽說你早已回臨安了，緣何一直未曾露面？」濟顛道：「一言難盡啊，我自台州回來之後，被那個新長老管束得好苦，一步也不許出門。今日下雪，酒癮一發作，煞是熬不住，就到香積廚，多虧那火工好心，請我喝了一壺酒，只是覺得還不過癮，就偷偷跑出來，尋個主人。」蘇北山一聽，忙叫人再篩些酒來，兩人對酌，濟顛又一連喝了十多碗，不覺已有些醉意，蘇北山忙勸他不要再喝了，只見濟顛擺擺手道：「沒事，沒事，再喝！再喝！」並順口吟了四句：

非予苦苦好黃湯，無奈篩來觸鼻香。
若不百川作鯨吸，如何潤得此枯腸？

蘇北山道：「你說鯨吸百川，盡是大話，及到吃時，

也只平常。」濟顛道：「這是古人限定的，貧僧如何敢造次!?又朗吟四句道：

> 曾聞昔日李青蓮，斗酒完時詩百篇。
> 貧僧才吟二三首，如何敢在酒家眠？

蘇北山聽後，哈哈大笑，並說：「濟公，你這是順口溜，算不得詩，有能耐來一首正兒八經的，如何？」濟顛一聽，晃晃腦袋道：「這有何難！」見門外又飄起雪花，遂信口唱出一首〈臨江仙〉，詞曰：

> 凜冽彤雲生遠浦，長空碎玉珊珊，梨花滿月泛波瀾，水深鰲鈎冷，方丈老僧寒。　渡口行人嗟此景，瓊瑤玉殿水晶盤。王維稱善畫，下筆亦應難。

蘇北山拍手叫好，見濟顛已有些醉意，就想：這濟顛不唯貪杯，而且果真有些能為。俗話說：酒色財氣，不知這和尚於色上如何？遂對道濟說：「濟公，你酒雖吃了，詩也作了，終是孤身冷清，不若到酒樓去，找個娘子來陪陪你，不知尊意如何？」濟顛連聲說好，又吟了四句：

> 不是貪杯並宿娼，風流和尚豈尋常；
> 袈裟舊是霉蒸氣，今日新沾蘭麝香。

蘇北山領著濟顛去了杏花樓，那杏花樓主人虔婆與蘇北山是老熟人，虔婆當即叫了兩位香艷女子來陪他倆喝酒。蘇北山見濟顛與那個叫春娘的妓女同坐毫無厭惡之心，就戲對濟顛說：「這裡是酒樓，不比他處，你同這位娘子到裡頭樂樂也無妨。」濟顛笑一笑道：「我是肯了，只怕還有不肯的在。」又吟了四句，曰：

> 燕語鶯聲非不妍，柳腰花貌最堪憐，
> 幾回欲逐偷香蝶，怎奈禪心似鐵堅。

蘇北山連稱好佳作，又說道：「古人云：食色性也，此男女之事，乃人之常情，出家人亦應嘗嘗其中滋味。」濟顛亦不作辯，又吟了四句：

> 昔我爹娘作此態，生我這個臭皮袋，
> 我心不比父母心，除卻黃湯都不愛。

濟顛吟罷，大家大笑。蘇北山叫人重燙了酒，說說笑笑，兩人直喝到天晚，方才起身。蘇北山見天色已晚，就對濟顛說：「今日晚了，你又喝這麼多酒，不便回寺裡去，我帶你去一個好地方住宿，如何？」此時濟顛已然醉了，便糊里糊塗答道：「一應聽你安排。」蘇北山叫人扶著濟顛，把他領到得春院去了。

這得春院乃是當時臨安有名的妓院，蘇北山乃是這裡的常客，剛一進門，就有一位稱為瑤姐的婆娘同他打招呼：「蘇員外，今日怎麼帶了一個醉和尚來？」蘇北山道：「因天已晚，此位師父回寺不及，故同來投宿，你若不嫌他是個和尚，便叫一個娘子陪他，如何？」瑤姐就叫兩個娘子來與蘇北山相見，又叫人安排酒餚，蘇北山忙說：「我們已醉了，不消得了。」瑤姐吩咐大姐同濟顛去睡，二姐陪蘇北山去睡不提。

卻說這大姐見濟顛醉成一團，就笑嘻嘻叫道：「醉和尚，快上床睡覺吧。」濟顛已是爛醉如泥，哪叫得動，大姐只好把他攙扶到床上，幫他脫掉衣裳，濟顛仍是不醒，大姐無奈，自己解衣上床，竟自睡去了。

半夜時分，濟顛一覺醒來，糊里糊塗也不知道在什麼地方，伸手一摸，光溜溜一個人，把濟顛嚇了一跳，忙起來把燈點亮，一看，床上躺著一個娘子，赤條條一絲不掛，濟顛連喊「罪過，罪過。」忙用被子往那娘子身上一蓋，自己開門出了房間。欲開大門逃出得春院，又怕被巡更的捉住，惹出麻煩，忽見窗臺旁邊有個大火箱，用手一摸，還有點熱，便靠在旁邊，和衣睡過去了。到了五更時分，聽見遠處傳來一陣鐘鼓之聲，正爬將起來，推窗一看，月落星稀，東方已經發白，想起昨夜的荒唐事，不禁大笑，見桌上有現成的紙筆，遂信手題了一個絕句：

床上風流床上緣，爲何苦得口頭禪？

昨宵戲就君圈套，白捨瑤姐五貫錢。

　　題過之後，自己拿起來又看了一看，自覺得好笑，用硯臺一壓，就悄悄地拽開門，溜出了得春院。

　　瑤姐聽見門聲，心想：今日是誰起得這麼早，到內堂一看，只見桌上留著一幅字紙，看過之後，也不知所以。就跑到大姐的房裡去，只見大姐獨自一個在睡覺，和尚也不見了，便喚醒大姐，問她昨晚之事，大姐道：「那和尚醉得不堪，我將錯就錯，扶他上床，誰想他醒了，竟自跑出去。也不知這一夜他在外頭是怎麼過的？」正說間，那蘇北山也起身了，同了二姐來看濟顛，問知這些原故，又看看他留下的題詩，嘖嘖讚道：「德行如此，方不枉了是個出家人，怪不得十六廳朝官都敬重他，眞個是：道高龍虎伏，德重鬼神欽。」蘇北山也辭別出門，回家去了。

　　卻說濟顛因前段在禪堂憋的時間比較長，好不容易出來一次，也捨不得馬上回去，因此，從得春院出來後，又到西湖轉了一圈，看看日已掛中了，就到附近清和坊一家酒店吃飯。進店之後，撿了個清淨座位坐下，酒保問他吃什麼，他回答得很是乾脆：「有什麼好的，各來一盤。」酒保隨即給他端上一盤紅燒狗肉，一盤麻辣雞丁，一碟清蒸豆腐，另加一碟小菜，他又要了一壺酒，也不問多少錢，篩起酒來便吃，須臾之間，吃完了一壺。

他叫酒保再燙了一壺，又吃完了，再叫酒保去燙。酒保說，我家的酒，味道雖好，酒性甚醇，憑你好酒量，頂多也只能吃兩壺，你已喝了兩壺了，再喝就要醉了。」濟顛道：「吃酒不醉，吃它做甚？你別管，快去燙來。」酒保只好再去燙了一壺。濟顛盡興吃完。其實濟顛此時身無分文。他喝完酒後，不敢站起來，害怕酒保叫他會賬。一直呆坐在那裡，想等一個施主替他會賬。左等右等，不見有相識的。酒保見濟顛已吃完好久了，一直在那裡乾坐，就過來要他會賬，實則催他快走，好把座位讓給別人。那濟顛無奈，只好對酒保說：「我今日不曾帶銀兩出來，容我賒下，過後再送來。」酒保道：「這和尚好沒道理，菜餚盡挑好的，喝酒一壺不罷，兩壺不休，遲了還要說話，會起賬來，就放出賒的屁來，我這裡不論誰，從不賒賬。」濟顛道：「我是靈隱寺僧人，認得我的多，略等等，少不得有人代我還你。」酒保沒好氣地說：「你已等了那麼久了，有那個認識你啊，少廢話，有錢就拿出來會賬，沒錢就把你這件破直裰脫下來當了，省些口舌。」濟顛道：「我是落湯餛飩，只有這片皮包著，如何脫得下來!?這樣吧，我把座位讓出來，到門口看看，說不定有認識我的人。」邊說邊起身往門外走，酒保以為濟顛要逃賬，那肯罷休，濟顛剛走到門口，就被酒保一把抓住，兩人正在那裡拖扯，不期對面升陽樓上，早有一個官人看見，便叫跟隨的道：「你去看看那酒保扯住的好似濟公，可請了他來。」那跟隨的

跑來一看，果然是濟公，忙道：「濟公，官人請你。」濟顛見有人請，才定下心，就大大趔趄對酒保說：「如何？我說認得我的多，自有人來替我會賬，快隨我來。」酒保無奈，只得跟他到升陽樓上來，一看不是別人，是王太尉。王太尉問明所以，叫跟隨的替濟顛會了賬，酒保拿了錢就離開了。濟顛對王太尉道：「你們在這裡喝得痛快，我卻被酒保逼得好苦，若再遲些，我這片黃皮，已被他剝了去矣。」王太尉聽了，笑道：「我正苦沒人陪我喝酒，你來得正好，可放出量來痛飲一番。」濟顛道：「酒倒要喝，只因被他扯了這一回，酒興也沒了，我且做首詩解解嘲。」遂信口念道：

見酒垂涎便去吞，何曾想到沒分文；
若非撞見王太尉，扯去拖來怎脫身？

王太尉聽了，哈哈大笑。當下兩人邊喝酒，邊說笑，濟顛又喝了五、六碗，便對王太尉道：「我已出來好幾天了，現在新來的長老管束得甚緊，得回寺裡去看看。」王太尉聽濟顛這麼一說，也不挽留。當下濟顛辭別了王太尉回靈隱寺去了。

濟顛剛回到寺裡，首座就來找他，一見面就問道：「你這幾天都跑到哪裡去了，長老甚是查問。」濟顛見首座逼得緊，索性就說：「我被長老管束得苦了，熬不住，故走出寺去耍子耍子。不瞞你說，我連日在杏花樓

喝酒，得春院宿娼。」首座一聽，大怒道：「罷了罷了，一個和尚，喝酒已是犯戒，怎麼又去宿娼！快到丈室去，與長老說個明白，省得後來連累我。」就一把拖住濟顛去見長老，並把濟顛所說稟報了長老。長老問濟顛果有此事？濟顛道：「怎的沒有！但只是一時遊戲罷了。」長老道：「別的事可遊戲，此宿娼如何也遊戲得！」遂傳令侍者打他二十大板。侍者將濟顛掀翻在地，揭起直裰，不料濟顛沒穿褲子，將身子一扭，早露出那件物事來，引得衆僧掩口而笑，長老見了，遂問首座：「這廝出家這許久，怎麼無禮至此，一點規矩也不懂？」首座道：「都是先師護短，縱容慣了，因此向來瘋瘋顛顛。」長老道：「他既瘋顛，打他也無用，且把他放了，饒他去罷。」濟顛聽長老這麼一說，一骨碌爬將起來，走出丈室，呵呵大笑道：「你們這般禿驢，拖我去見長老，期望長老打我，可是長老有情，卻又不打我，你們捶胸去罷。」自此之後，愈發瘋瘋顛顛，在寺裡攪亂，衆僧也無可奈他何！

　　卻說自從這次長老見道濟著實瘋顛，放過了他之後，濟顛又落得個逍遙自在，興趣來了，則坐坐禪，閉目養神，閒來無事，則進城串門，有時一走好幾天不回寺。那天到董員外家喝酒，酒足飯飽之後，董員外問他最近可得閒，濟顛說：「現在寺裡也不管我了，時間有的是，不知員外有何事？」董員外說：「我在昆山縣有一個朋友，好久沒走動了，你若得閒，我們一同去昆山

縣要要如何？」濟顛說：「甚好，甚好。」當下，董員外就帶了個隨身僕人，與濟顛一同去了昆山。

當天傍晚，他們到了昆山縣城董員外朋友秦明家，這小地方比起臨安城來，主人尤是好客，當晚秦明設盛宴款待董員外與濟顛二人，濟顛喝得爛醉如泥，秦明叫人扶他去歇息，他與董員外則上此地有名新昌街去了。

第二天一早，濟顛就與董員外一起上街閒逛。正走著，突然看見一個婦人，年有二十開外，姿容秀美，身穿青布裙、藍布衫，披頭散髮，口中念念有詞：「你來啦，你等隨我去西天見佛祖吧。」濟顛掐指一算，叫聲不好，此事我焉能不管，就對董員外說：「你自個去逛吧，我有事去了。」董員外問他何事，他也不說，就跟了那個婦人去了。

原來這個婦人叫趙玉貞，乃趙員外之女。此趙員外乃是本地有名豪富，字寬名海明，膝下無兒，只生此一個女兒。此玉貞生得秋水爲神，白玉做骨，品貌端莊，知三從，曉四德，明七貞，懂九烈，多讀聖賢書，廣覽烈女文，長到十七歲時，已是這昆山縣遠近聞名的一位佳人，上門提親者絡繹不絕，趙員外不是認爲門不當戶不對，就是嫌人家才學疏淺，一一給回絕了。那天其族弟趙國明到他家做客，一陣寒暄之後，趙國明就對趙員外說：「侄女玉貞近來如何？可有了婆家？」趙海明嘆了一口氣說：「提親者倒是不少，可就是沒有一個中意的。」趙國明說：「你又不是在選駙馬，哪能找個十全

十美的，玉貞今年已有二十歲了吧，再拖下去，可要耽誤了她的終身啦。今日我就是爲姪女的親事而來。我那西街有一李文芳李孝廉，他有一個胞弟叫李文元，新進的一名文學，小考時也中的小三元，人稱爲才子，今年二十二歲，我想此人日後必成大器，不知兄長尊意如何？」趙海明說：「如此，明日約他一會如何？」趙國明見趙海明應允了，頗是高興，第二天約了李文元至趙海明家。趙海明一看，此李文元果然豐神飄灑，氣宇軒昂，五官清秀，品貌不俗，忙把他讓至書房，家人獻上茶來。趙海明說：「久仰大名，未能拜訪。」李文元道：「晚生在書房讀書，外面應酬之事，盡是家兄一人擔代，故此我都不認識。」談了幾句，趙海明又問李文元一些詩文，李文元對答如流，趙海明甚是歡喜。他叫書童研了墨，求李文元寫了一副對聯，只見李文元信手寫來，曰：「書到用時方恨少，事非經過不知難。」寫的筆法雋永，字跡清秀，趙海明甚是愛惜。等李文元辭別之後，趙海明就叫趙國明給說了這門親事，三言二語，就說成了。擇了個吉日，把親事也給辦了。

再說李文元閉門讀書，專心科舉。辦過婚事的第二年，就參加了科舉考試，憑著自己的才學，李文元自以爲必中，爲想到「不要文章高天下，只要文章中試官。」三場過後，竟脫科不第，名落孫山。這李文元那經得起這般打擊，終於鬱悶成疾。那玉貞衣不解帶，日夜陪伴。不想大限已到，三個月後李文元竟嗚呼哀哉了。這趙玉

貞可說是紅顏薄命，所幸的是，李文元留下一個遺腹子，玉貞苦守貞節，過了四個月，生下一子，取名繼元，意爲接續李文元之香火。俗話說：「寡婦門前是非多」，爲了避免閒話，趙氏自生下此繼元之後，單騰出一所院子，守節養兒，兒童非呼喚不得進她家院子。這李文芳因爲是文元的胞兄，平時則三天兩頭往弟媳院裡跑，玉貞也不介意，那知這個李文芳，名曰「孝廉」，實則一衣冠禽獸，看玉貞貌美，經常用些不三不四的話調戲玉貞，有時還動手動腳，玉貞那裡肯從，起初好言勸說，但李文芳淫心不死，有一次竟欲強行施暴，玉貞狠狠搧了他一個耳光，李文芳看難以得手，便懷恨在心；加之這繼元長大之後，還要同他分刈李家財產，思前想後，覺得得想個辦法把玉貞母子趕出門去，以棄除後顧之憂。那年李文芳剛好三十歲，他便大排筵宴，把三朋四友、七姑八姨都請了來，並特給玉貞的父親趙海明送去了帖子。趙海明作爲親家翁自然也去賀壽了。那晚玉貞因帶小兒，傍晚時到廳堂來應酬一下，就帶小兒回自家房間歇息了。李文芳特地請趙海明在書房慢慢小飲。約莫初鼓時分，只見一個使女慌慌張張地走了進來，道：「可了不得了，方才大奶奶叫我去請二主母到他房裡打牌，我方才到東院門前，見有一條黑影翻牆進了院子，我一害怕，沒看清是什麼，說不定是賊，你們快去看看吧。」趙海明與李文芳一聽，忙放下酒杯，提著燈籠，就去了東院。到了門口，讓使女叫門，連叫幾聲，只聽見裡面

有腳步聲，門一開，見一個男子，身上赤條條一絲不掛，奪門而出。趙海明與李文芳追了幾步，李文芳就說：「別追了，先到屋裡看看是怎麼回事。」遂與趙海明回到院裡。

再說這玉貞本來已經抱著繼元睡著了，被外面一陣聲響吵醒，趕忙起身穿衣。這裡李文芳已與趙海明進了她的房間。這李文芳一進門就破口大罵：「好一個賤貨，在這裡幹的好事，把我李家的名聲給沾污了。」又回過頭來對趙海明說：「趙海明，這是你養的好女兒，如何處置，你瞧著辦吧。」趙海明被這突而奇來的事氣得臉色鐵青，對著女兒咆哮道：「你這個不要臉的東西，怎麼會幹出這種傷風敗俗的事？」玉貞剛醒過來，見父親與李文芳兩人都暴跳如雷，也不知道發生什麼事，就問父親：「爹爹，怎麼啦，發生了什麼事？」趙海明叫道：「誰是你的爹爹，閉上你的臭嘴！」李文芳跑過來說：「你說說，剛才跑出去的那個男子是誰？」玉貞被父親和李文芳東一榔頭西一棒子打得真如丈二和尚摸不著頭腦，聽李文芳問她這話，就說：「剛才就我與小繼元在此睡覺，沒有其他男人啊！」李文芳走到床前，蹲下一看，叫道：「快來看，這是什麼？」隨手抓出一把衣物，抖下一看，是一套男人的衣服。玉貞一看，明白是怎麼一回事了，但事已至此，縱她有千百張嘴，也說不清了，就趴在床上放聲大哭。李文芳忙把趙海明拉到自己的書房，問他這事是官了，還是私了？趙海明是一個知書達

禮的人，自己親眼看見這一切，還有什麼話好說，就對李文芳說：「官了私了隨你的便。」這李文芳倒也乾脆，對趙海明說：「爲了你我兩家的名聲，這事我看私了罷了，我給你寫一張無事字，替我弟弟休妻，你把女兒領回去吧。」趙海明當晚就叫人把他女兒連拉帶拽帶回家去了。

到了家裡，那趙夫人一聽說此事，哭得個死去活來。這趙海明全給此事氣瘋了，也管不了許多，把女兒往房間一關，扔進去一截繩子，罵道：「你這不要臉的東西，幹出這等無恥之事，你趁此給我死了，要不然明天我叫人把你活埋了。」這趙玉貞開始盡喊冤枉，見他父親全然不理會，覺得只有死路一條，反而冷靜下來。心想：這一死倒是簡單，可慘的是落得個遺臭萬年。思來想去，覺得只有到衙門去告狀，方可還其清白之名。主意一定，就連夜爬窗逃了出去，在一個破廟屋檐下躲了一夜。天一亮，就趕忙起身去找衙門。可她又不知道衙門在哪裡，剛走到一家門口，正好一個老太太端著盆倒水，見趙玉貞披頭散髮，滿身是血，就叫道：「喲，這不是瘋子嗎？」趙玉貞一聽，心想，我一個弱女子在外，行動多有不便，不如裝瘋更安全一些，就借她的口氣說：「好，好，好，來，來，來，跟我上西天去見如來。」走沒多遠，就撞上濟顛與董員外了。

這濟顛跟著趙玉貞走了一段路，到了一個僻靜處，濟顛突然也叫了起來：「我也瘋了，快躲開呀！」隨後

就跟著趙玉貞。趙玉貞一看，這和尚滿臉泥垢，身上絨繚，疙里疙瘩，腳上穿著一雙破草鞋，手上還搖著一把破蒲扇，走起路來，歪歪斜斜的，大吃一驚，心想：我是假瘋，這和尚是真瘋，倘若他過來跟我糾纏，揪到一處，那可如何是好？嚇得大步往前走，這濟顛也大步跟著。跟到一拐角處，濟顛大聲念道：「要打官司跟我走，跟我即到衙門口。」這趙玉貞覺得奇怪：這和尚怎麼知道我要打官司？又怎麼知道我不認得衙門？聽他這話又不像瘋子，因此，就故意放慢腳步，落在濟顛後面。街上的行人看見兩個瘋子，一男一女，一前一後，覺得甚是好玩。快走到衙門口時，只見前面來了一乘轎子，濟顛又大聲念道：「得了，不用走啦，昆山縣的老爺拜客回來了，攔住轎子，有冤喊冤，什麼事都辦得了。」這趙玉貞一聽是昆山縣老爺的轎子，連忙上前攔住喊道：「冤枉啊！」這昆山縣老爺姓曾名士侯，乃科甲出身，自到任以來，愛民如子，兩袖清風。一聽有人喊冤，就叫人把轎子停住，下轎一看，乃是一年輕女子，身穿縞素，就問她道：「你何事喊冤？」趙玉貞遂原原本本把事情向縣老爺稟報。縣老爺一聽此女子所告乃是她娘家爹趙海明、婆家哥哥李文芳，就說：「清官難斷家務事，此事衙門可管不了。」這一說，那趙玉貞猶如掉進冰窟裡，心想：這下子才沒指望了，只好又大喊冤枉。此時站在人群裡的濟顛又高聲說道：「當官不為民做主，不如回家賣紅薯。」縣老爺一聽，只好把趙玉貞帶回衙門。

濟顛見縣老爺把趙玉貞帶回衙門了，就掉頭一走，到李文芳家去了。到了李家大院對門口後，濟顛也不進院裡去，就在對面一家小酒店坐下，要了一壺酒，在那裡慢慢自斟自酌。大約過了一個多時辰，只見從李家大門走出一個人，身上背著一個包袱，李文芳把他送到門口，臨走又同他不知說了些什麼，那個人便急匆匆地走了。這濟顛趕忙起身，跟了上去。出了縣城，濟顛便加快腳步，走到那人身邊：問道：「這位兄弟，去哪裡發財？」那人道：「去西林鎮。」濟顛道：「我也是去西林鎮，我們正好一塊走吧。」那人又不便趕他，兩人就一路同行，往西林鎮去了。中午時分，正好到了一個小村鎮，那個人想甩開濟顛，就對他說：「我到那家酒店去喝點酒，你是出家人，另找一家素菜館用膳吧。」沒想到濟顛卻說：「酒肉穿腸過，佛祖心中留，出家人喝酒又何妨！我們一道進去喝碗酒吧。」那人無奈，只好同濟顛一起進去。剛進店門，只見濟顛手裡抓著一串錢，對那個人說：「小兄弟，這串錢是你丟的吧。」那人一看，果然是自己那串錢，心想，這和尚倒是個好人，就說：「和尚，你倒是好人，見錢不貪，這頓飯算是我請你的，如何？」濟顛忙說：「為善不圖報，才算真功德，豈可因一串小錢，就讓小兄弟破費，咱們今日有緣，算我請你，怎樣？」兩人客氣一番，就坐下來點菜喝酒。那濟顛雖然身無分文，但為了顯示自己兜裡有錢，盡點的好菜，酒則是一壺接著一壺地要，直喝得三分醉意了，

方才罷休。到了會賬時，那人說：「這頓飯該我請你。」濟顛則說：「我來付，我來付。」兩人推來推去，最後，濟顛說：「那好吧，這頓飯先記你的賬，下頓飯無論如何得讓我請你了。」那店小二前來一結賬，共吃去了八百多錢，比剛才和尚還給他那一串還多出二百多錢，那人嘴上不說，心裡直喊冤。吃過這頓飯後，兩人雖然各有心事，但表面上已好像是朋友了，便一同繼續趕路。走到一個山腳下，兩人坐下來歇息了一會兒，又上路了，濟顛就對那人說：「你背個包袱怪沉的，我幫你背一陣吧。」那人推托再三，濟顛堅持要幫他，那人見濟顛孤身一人，又弱不禁風似的，諒他也不能把自己怎麼樣，就把包袱給了他。沒走幾步，濟顛突然往回走，那人一見，忙喊住他，濟顛回過頭來，笑呵呵對他說：「我不去西林鎮了，我要回昆山縣城去了。」那人說：「你回昆山縣城我不管，但你須把包袱還我。」濟顛不管，只顧往回走，那人急了，撒腿追了上來，濟顛也跟跑了起來。追了一陣，老是差那麼一段距離，說什麼也追不上。那人豈肯罷休，一個勁地追，眼看著往回追到昆山縣城外面，濟顛往那裡一站，笑呵呵地對那人說：「你過來，我把包袱給你。」那人剛跑過來，濟顛冷不防對著那人的臉上就是一拳。這一拳打得真是不輕，只見那人仰面一倒，鼻孔裡直淌血，濟顛過去用手一抹，弄得滿手是血，然後往包袱上一塗，把整個包袱塗得都是血。濟顛也不管他，就又往回跑，那人趕緊爬起來又追。直追到

城裡。濟顛看見前面有兩個當差的過來，就大聲喊道：「不得了，殺人了。」然後跑過去與那人扭打成一團。當差的過來一看，把兩人扭送到衙門去了。

縣老爺一聽有人命案，便令擊鼓升堂。公差把兩人押到大堂上。濟顛一上大堂，便大喊冤枉，縣老爺把板一拍，問道：「這個和尚，你有何事冤枉，快快把狀呈上來。」濟顛道：「我是臨安靈隱寺和尚，因寺裡要蓋一個牌樓，長老叫我們出來化緣，我與一個師弟前天出來化緣，辛辛苦苦化了一包銀兩，走到一個山腳下，我那個師弟說要解手，我便一個人先往前走，走到一個三叉路口，等了半天，不見我那師弟人影，我剛要回去找他，只見這個人背著我們的包袱，我一問，他撒腿便跑，我拼死拼活追上了他，把包袱搶了過來，可他不肯罷休，死死纏住我，想把這包袱再搶過去。一直追到這城裡，剛好碰上二個差人，才把這賊人扭到這衙門來，望縣老爺明斷，替我那師弟伸冤報仇。」縣老爺聽和尚說過之後，把案一拍，說道：「你是哪裡人？叫何名字？緣何搶人包袱？還把和尚給殺了？」那人一聽，也大喊冤枉。說道：「小人姓湯，在家排行第二，人叫湯二，本是此地員外李文芳弟弟李文元的書房伴讀，因我家主人李文元前年病故，李文芳員外見我在他家已然沒事，前天送了我些東西，打發我回老家去。不期路上碰到這個和尚，把包袱給搶去，還誣陷我殺了他的師弟，望青天大老爺替我作主。」縣老爺一聽，就轉過來問濟顛：「和尚，

你從實說來，此包袱究竟是你的？還是湯二的？」濟顛見問，就道：「我也不同這賊人爭，我與他都開一張單子，說說裡面究竟有多少銀兩？什麼物品？若我的單子不對，是我誣陷他；若他的單子不對，是他搶了我的包袱。」縣老爺一聽和尚說得有理，就叫人拿來紙筆，分頭叫兩人寫。兩人寫畢，呈給縣老爺，豈料兩人寫的全然一樣，都是：「銀子五百兩，錢二串，手鐲一對，戒指一枚，綢子二段。」縣老爺一看，竟糊塗了，不知判給誰好。只聽濟顛在下面又說道：「老爺，你還未問明白，這銀子雖是五百兩，但究竟是幾塊？手鐲雖是一對，又何種顏色？戒指是金？是銀？你叫那賊人說說看。」湯二道：「我那銀子是五百兩，究竟有幾塊我倒沒留意；手鐲是何顏色，戒指是金是銀，我也未曾在意，但這包袱確實是我的。」那縣老爺又問濟顛：「和尚你也說說看。」濟顛道：「我那銀子共三十七塊，手鐲是墨綠色的，戒指是金的，請縣老爺查核。」縣老爺叫人一一查對，果然一個也沒錯。遂拍案道：「你這賊人，自家的銀子，怎麼會不知道件數，自家的戒指，怎麼不知道是金是銀，分明是謀財害命，還不快快從實招來。王五、馬六，大刑伺候。」湯二一聽要用刑，嚇得屁滾尿流，連忙道：「老爺，我這包袱是別人送給我的，老爺若不信，把那人傳來一問就明白了。」縣老爺問是誰送他的，湯二說，就是他家主人李文元的兄長李文芳送給他。老爺令人速傳李文芳。李文芳此時正在家裡得意，想到終

於把趙玉貞攆出家門，自己可以獨占這份家業了。突然僕人來報，有公差傳他到衙門，說有命案，把李文芳嚇了一跳，穿戴完畢，就同差人去了衙門。一上公堂，見湯二在堂上跪著，心想事情不好，當縣老爺問他可認識這湯二？他矢口否認，說從來沒見過這個人。這縣老爺一聽，認為是湯二狡賴，就吩咐用刑，那湯二那經得起這大刑，就一五一十把事情經過招了出來。

　　原來，那湯二自從李文元亡故之後，在家無事，有一天李文芳用酒灌醉他，趁他酒醉時，問他想不想發財？他說：「人為財死，鳥為食亡，哪有不想發財的！」李文芳就對他說：「你若能趁我生日那天，赤身裸體藏在你二主母家中，到有人叫門時再逃出去，我可送你五百兩銀子，夠你一輩子享用的。」那湯二一聽有五百兩銀，當時就答應了。那天夜裡從趙玉貞房中赤身裸體逃出去的就是湯二。「昨日李文芳見事已成，就送了我這個包袱，說裡面有銀子五百兩、手鐲一對、戒指一個、綢子二段，也沒告訴我銀子有多少塊，戒指是金是銀，故此小人說不上來。」那縣老爺一聽湯二這一番供詞，方才明白此事原來與早些時候趙玉貞喊冤同是一案。遂吩咐把趙玉貞、趙海明等一同傳至公堂。叫招房先生把湯二供詞當眾宣讀，大家一聽，直罵那混帳李文芳，號稱孝廉，竟幹出這傷天害理之事，趙海明更悔恨交加，想到自己女兒原是節婦烈女，竟差點慘死在自己手裡，父女倆當堂相抱大哭。那濟顛在一旁連連稱念阿彌陀佛，並

對縣老爺說：「還有一事，還須向縣老爺道明，適才所言命案一事，乃是貧僧編造的，不用命案，怕老爺不會認眞，這湯二也不會從實招供，故以命案嚇他。」大家一聽，連連稱妙，趙海明父女趕忙過來向濟顛道謝，只見濟顛搖搖破蒲扇道：「免了，免了，我和尚先走了。」說完就揚長而去了。縣老爺見眞相已大白，就當眾下判：「李文芳號稱孝廉，實則寡廉無恥，爲圖霸家業，竟然誣陷自家弟媳，險些鬧出人命，實爲路人所不齒，現本縣革去其孝廉名號，將李家財產，刈出一半，交予趙玉貞母子；另外，趙玉貞實乃節婦烈女，爲還其清白，表彰其貞烈，特令李文芳在趙玉貞院前立一節烈祠，以流芳千古。」那李文芳哪敢不從，唯唯領命；趙海明對縣老爺千恩萬謝，領了女兒回去，一家歡喜不提。

　　再說那濟顛自出了公堂之後，逕直回到董員外朋友秦明家，把事情與他兩人一說，兩人連稱聖僧功德無量，濟顛搖搖破蒲扇道：「區區小事，不足掛齒。」三人說說笑笑，秦明大排酒宴，是夜濟顛又來個一醉方休。第二天便同董員外回臨安了。

七‧被逐靈隱　再造淨慈

　　從昆山回到臨安後，濟顛又在董員外家大吃大喝了一頓，隨後告別了董員外，回靈隱寺去了。

　　濟顛這次回靈隱寺，並沒有人再問他這幾天到那裡去？第二天一早，卻見首座跑到他的住處，很是客氣地對他說：「道濟，昌長老請你去丈室一趟，有事同你商量。」濟顛覺得奇怪：「長老有什麼事要同我商量？」便同首座到丈室。

　　原來，濟顛如此一味地瘋瘋顛顛，寺裡有些和尚頗看不慣，就叫監寺去請求長老把濟顛逐出寺去。無奈長老卻說：「濟顛是先師傳衣缽的徒弟，怎好無端逐他!?」監寺就說：「我有一計，使濟顛自己離開此寺。」長老問他什麼計策？監寺就說：「寺裡原來有一鹽菜化主，每日化來供寺裡公用，因此職事最難料理，無人願意承當，後來不得不廢了，長老何不委他做個化主，叫他日日去化，他若化不來，自然不便再在寺裡呆著。」長老道：「此主意雖妙，只怕濟顛不願意承當。」監寺就說：「這個不難，濟顛視酒如命，長老如果找個機會請他吃

個痛快，他無有不答應之事。」長老聽監寺說得有幾分道理，就叫人準備酒菜，並叫首座去請濟顛到丈室。

一進丈室，長老就對他說：「道濟，今日眾僧買酒在此請你，免得你暗地裡偷吃。」濟顛道：「眾僧與我多是冤家，今日怎會發菩提心，買酒請我，此中必有緣故，請長老說明了再吃。」長老便說：「我初到此寺不久，聽眾僧說，本寺原來有一個鹽菜化主，經常化來供給，近來無人，故此常住清淡，今想請你寫一疏頭，因此買酒請你。」濟顛一聽，忙說：「這個不難，落得吃的，吃得痛快，文章自然寫得快當。」長老道：「既是請你，自然讓你盡情地吃。」遂令侍者拿出酒菜。濟顛見了，呵呵笑道：「每日瞞著長老，只覺吃得不暢，今日長老請我，才吃得痛快。」遂拿起碗來，一上手喝了二十多碗，還不肯住手。長老在一旁道：「酒雖吃了，疏頭也得做。」濟顛道：「這有何難，快叫人取來筆硯，我做好了再吃。」侍者擺上筆墨，只見濟顛大筆一揮，寫道：

伏以世人所急，最是饑寒；性命相關，無非衣食。有一絲掛體，尚可經年；無數粒充腸，難挨半日。若無施主慈悲，五臟內便東顛西倒；倘乏檀那慷慨，方寸地必忍凍吞饑。持齋淡薄，但求些鹹味嘗嘗；念佛饑腸，只望些酸菜嗒嗒。欲休難忍，要買無錢。因是敬持短疏，遍叩高門。不求施捨

衣糧，但只化些鹽菜。若肯隨緣，雖黃葉亦是菩
提；倘能喜捨，縱苦水莫非甘露。莫道有限籬蔬，
不成善果；要知無邊苦水，盡是福田。若念和尚
苦惱子，早發宰官歡喜心。總算來一日三十貫財，
供入常住；遠看去終須有無量福，遍滿十方。非
是妄言，須當著力，謹疏。

　　長老一看，連稱妙文，叫侍者又給濟顛篩了幾碗酒，
濟顛心下痛快，又喝了十多碗。正在興頭上，只聽那長
老道：「你這疏頭，寫得著實巧妙，今一客不煩二主，
更請你做個化主吧？」濟顛道：「我是一個瘋僧，如何
做得化主？」監寺在旁接口道：「濟顛兄，長老託你，
你休要推辭，誰不知道你的能耐大，十六廳朝官，十八
處財主，哪個你不認識，別說三十貫錢，就是三百、三
千，對你也是唾手可得的，何必過謙呢！」這濟顛當時
已有三分醉意，便答應下來了。長老一聽十分高興，當
下給濟顛行了大禮，叩了三個響頭，隨後叫人扶濟顛回
去歇息。

　　再說這濟顛酒醒之後，始發覺這乃是他們的一個圈
套。便想：我在這裡盡遭這幫小人的欺負，不如拿了度
牒，到別處去罷了。如此一想，便跑到丈室，對長老說：
「既叫我做化主，不免要到各處去化緣，若無度牒，人
只說我是一個野和尚，如何肯施捨？」長老道：「既然
如此，就把度牒取出來，你自己帶著。」遂令侍者把度

牒取給濟顛。濟顛拿了度牒，在寺裡過了一夜，第二天一早，誰也不辭行，只到香積廚對那火工說了聲他要出去化緣，就逕自出靈隱寺去了。

濟顛離開靈隱寺後，心下想：那淨慈寺德輝長老平日與我甚是投合，我不如去淨慈寺投他。主意一定，就到了西湖，閒逛了一陣，就往淨慈寺去找德輝長老。

淨慈寺大門

這淨慈也是當時江南一著名禪寺，該寺住持德輝長老道行頗深、禪機尤利，故與濟顛很相投合。濟顛進寺之後，直奔丈室，德輝長老甚是高興。德輝長老因聽說前段時間濟顛曾回天台探望娘舅，就譏諷道：「詩云：人生天地常如客，何獨鄉關定是家。濟顛兄既已出家，何以還如此眷戀世情，割捨不下？」濟顛笑道：「長老

差矣，公不聞先前大德曾言：『爭似金山無量相，大千都是一禪床』，天底下何處不可參禪學佛，豈獨禪窟能修身!?」德輝一聽，笑道：「古語道：『士別三日，當刮目相看』，幾日不見，濟顛兄禪機又長進了。」濟顛大笑道：「饞（禪）饑（機），饞饑，饞因為饑，我濟顛至今尚未吃飯，先弄兩碗酒來潤潤喉，再與你理論禪機。」德輝長老一聽哈哈大笑，道：「原來你化緣化到我頭上來了。」遂吩咐侍者去準備飯菜。侍者剛轉身出去，濟顛就道：「起說化緣，我寺長老還真讓我出來化緣呢！昨日我寺裡那一幫禿驢，合謀算計我，假意請我喝酒，趁我酒醉之時，要我做寺裡的鹽菜化主，我糊里糊塗就答應了，醒來之後，知道他們是以此為藉口攆我，我那受得了這種氣，就把度牒要了出來，今日到此，是投靠長老來了，不知長老要不要我這個顛和尚？」德輝長老也替濟顛氣不過，就說：「那有不留之理，只是你是靈隱寺子孫，未曾說明，於昌長老面子上，不甚好看，不如我寫一束託人帶去給昌長老，他若有什麼參差，那時留你，便兩家都沒話了，不知顛兄以為如何？」濟顛連說：「甚好，甚好。」當下德輝長老便提筆寫道：

南屏山淨慈寺住持、弟比丘德輝，稽首師兄昌公法座前：即今新芽漸長，綠樹成蔭，恭惟道體安享，清福葷增。茲啟者：散僧道濟，今至敝寺，言蒙師慈差，作鹽菜化主，醉時允諾，醒卻難行，

避於側室，無面回寺。特奉簡板，伏望慈悲，念
此僧素多酒病，時發顛狂，收回前命，責其後修。
倘覷薄面，恕其既往，明日自當送上。專此，敬
頌道安。

　　寫畢，等侍者送來飯菜，遂令他把書柬送去靈隱寺。
那昌長老一見德輝長老的書柬，不禁大怒道：「道濟既
自無能，怎敢受我三拜！這等無禮，我寺裡豈能容他！」
當即在書柬批下八個大字：「如此顛僧，何勞送回！」
叫侍者帶回給德輝長老。德輝長老一見，更是生氣，心
想：我淨慈寺非你昌長老屬下，焉能如此無禮！就對濟
顛道：「他拒絕了正好，你就留在淨慈寺裡任淨慈寺的
書記僧，日後寺裡的公文、疏頭，一併由你來做，如何？」
濟顛連忙謝過德輝長老。自此在寺裡寫些書信、請帖、
榜文等，倒也安分守紀，相安無事。
　　約莫過了半年時間，有一天，濟顛見寺裡沒事，就
溜到蘇堤上觀賞西湖景致，事也湊巧，正好撞了王太尉，
太尉便邀濟顛到他家一敘，說已有好些日子沒跟他一塊
喝酒了。濟顛一聽「喝酒」二字，便把一切都丟到腦後，
遂去了王太尉家，兩人一到家，王太尉叫僕人準備酒菜，
問濟顛：「我們下盤棋如何？」濟顛道：「手談更妙。」
遂與王太尉到了他家花園的涼亭上，一邊喝酒，一邊下
棋，兩人設定：「輸者罰酒三碗。」平日濟顛的棋技還
不錯，以往與王太尉交手，太尉多是他手下敗將，今日

卻一反常態，幾乎每盤都輸，半天時間，喝了十多碗酒，王太尉笑他盡下臭棋，濟顛笑著說：「主要是規矩定得不好，如果是贏者喝酒，我保證每盤都贏。」王太尉說：「那就依你說的，贏者罰酒。」兩人又下，果真濟顛每盤都贏。太尉方知濟顛下棋是假，喝酒是真，就說：「你想喝酒，咱們回房裡喝個痛快。」遂撤回屋裡比酒。濟顛在下棋時連輸帶贏已喝了二十多碗了，此時又與太尉同時起步，一人一杯，濟顛哪有不醉的！儘管他已全身都醉透了，就是一張嘴不醉，硬叫著：「再喝，再喝。」王太尉見他確實爛醉如泥了，叫僕人扶他去客房歇息。

第二天吃過早飯，王太尉對濟顛說：「你難得出來，索性在我家多住些日子，如何？」濟顛道：「只要有酒喝，住一年都行。」王太尉說：「酒你儘管喝，就你這酒量，我家的酒夠你喝二年。」濟顛又在王太尉家住了三天。過後，又去了張太尉、趙太守家各「走動」了兩天。那天想起已有六、七天沒回寺，長老知道，又要說我了。遂告別了趙太守，回寺裡去了。正走到萬工池前，見有一夥人在吃螺螄，濟顛念了聲「阿彌陀佛」，就對那夥人說：「此物有啥滋味，害了多少生命，我這裡有一些銀兩，我把你們的螺螄都買下，我拿去放生，如何？」眾人說：「師父莫要取笑，這些都是夾去了尾巴的熟螺螄，如何放生？」濟顛道：「你們若賣給我，就是夾去尾巴的熟螺螄也可以放生。」眾人遂把螺螄給了他，也不要他的銀兩，只要濟顛當著他們，把這些螺螄放生讓

他們看看。濟顛拿過螺螄，往池裡一放，只見那些螺螄一個個洋洋灑灑游動起來了，眾人正在稱奇，回頭想找濟顛，已不見他的人影。

淨慈寺放生池

再說濟顛剛回到長橋邊，碰到一個小僧，那小僧便對他說：「濟顛師兄，你這幾天都跑到哪裡去，害得我們找得好苦，長老一直在找你，你快到方丈室去，免得長老心焦。」濟顛一聽，知道又碰到麻煩了。遂匆匆趕到丈室。長老一見濟顛，很不高興，對濟顛道：「我怎麼囑咐你的，你老毛病又犯了？你說說看，這幾天都去了哪些地方？莫非又涉邪淫！」濟顛忙說：「豈敢，豈敢，這些日子因多時不曾出門，好多相識的多疏了，故到松雲嶺王太尉家少住了三天，又到張太尉、趙太守家

各逗留了二天，故此耽誤了。」德輝長老一聽，心想這顛僧盡拿這些官人的名字唬我，便道：「胡說，他們都是朝廷顯官，怎能與你來往!?這些官人既這般敬重你，前些日子昌長老叫你做鹽菜化主，你為何不敢承當！」濟顛道：「鹽菜化主有什麼做不得，只是不情願化給那幫禿驢吃，若像長老這等相愛，休說鹽菜，就是一日化十個豬，又有何難！」德輝長老大笑道：「你休要誇口，我這寺中原先有一個藏經樓，前幾年壞了，若有三千貫錢，便可起造，你能叫你那些老相識的朝官顯貴們布施再造麼？」濟顛笑道：「就這三千貫錢，還用不著我那些相識的朝官顯貴，只要我出一張榜文，三天之內，包化足三千貫錢。」長老道：「此話當真？」濟顛道：「但有一條須先說定，就是得請我一醉，而且酒越好，醉得越厲害，榜文則寫得越好，所化的錢則越多。」長老笑道：「你若有此本事，理當請你。」遂命侍者準備酒菜。濟顛見長老請他喝酒，酒量倍增，一口氣喝了三十多碗，趁著醉意，提筆一揮，寫道：

伏以佛日永輝，法輪常轉。惟永輝，雖中天者，有時而暫息；賴常轉，故依地者，無舊不重新。竊見南屏山淨慈寺，承東土之禪宗，稟西湖之靈秀，從來殿閣軒昂，增巍峨氣象，況是門牆高峻，啟輪奐風光。近因藏殿傾頹，無處存壽山福海，是以空門寥落，全不見財主貴人。因思法輪不轉，

食輪怎得流通？倘能佛日生輝，僧日自然好度。
弘茲願力，仰伏慈悲，施恩須是大聖人，計工必
得三千貫。捨得歡喜，人天踴躍；成之容易，今
古仰瞻。有靈在上，感必能通；無漏隨身，施還
自受。莫道非誠，此心可信；休言是誑，我佛證
盟。募緣化主書記僧道濟謹疏。

　　長老見榜文皆有禪機，十分高興，親自替濟顛斟酒，
濟顛直喝得酩酊大醉，才被人扶去歇息。

　　第二天長老命侍者把榜文四處貼了出去，第一天只
募得幾貫錢。有些平日看不慣濟顛的僧人私下就在議
論：「濟顛盡會吹牛，說什麼三天募足三千貫，照今日
看，三年還差不多！」第二天，雖情形漸好，但也只募
得了幾百貫錢。此時寺裡有些人在替濟顛擔心，另有些
人則等著看濟顛的笑話。

　　卻說自從濟顛寫出榜文之後，第二天趙文會、董員
外等也都得到消息，當年濟顛治癒趙文會員外老母的病
時，趙文會曾要贈送銀兩給濟顛，濟顛附耳對他說「如
此，如此」，亦即如果日後有須員外布施時，看到他寫的
榜文時再施捨。那天得知濟顛募化的消息後，便去找蘇
北山等員外，商量第三天進寺助他一臂之力。第三天，
幾位員外先後去了淨慈寺。這幾位員外咸是臨安城有名
巨富，因此都出手不凡，有的一千，有的八百，到那天
日落時分，監寺一合計，共得三千八百多貫錢，當即報

予長老，長老大喜，就命侍者去找濟顛，欲再請他一醉，但那裡見得到他的影子。

這濟顛哪裡去了？原來他前些日子聽說靈隱寺的昌長老已死，現今換了一個叫印鐵牛的新長老，當時心裡就想：不知這新長老規矩如何，待我得閒前去打聽打聽。這幾日是他化緣的日子，諒德輝長老不會管他，就偷偷溜出淨慈寺，到靈隱寺去了。到了靈隱寺，遇見舊時的一個小僧，就請他通報一下新長老。印鐵牛長老一聽是濟顛，心下便想：這濟顛一向瘋瘋顛顛，被昌長老逐出寺門，於今又來幹什麼，莫非想著舊事，又來攪亂！？因此就吩咐侍者轉告濟顛，說長老不在。侍者回覆了濟顛，濟顛一笑，又跑到西堂，要他通報，西堂又回覆長老不在。濟顛遂向行童借了筆硯，到冷泉亭上作了一首詩大罵長老。詩云：

幾百年來靈隱寺，如今卻被鐵牛閒。
蹄中有漏難耕作，鼻孔撩天不受攀。
道眼豈如驢眼瞎，山門常如獄門關。
冷泉有水無鴛鷺，空自留名在世間。

又做了一絕譏西堂，曰：

小小庵兒小小窗，小小房兒小小床，
出入小童幷小行，小心服侍小西堂。

寫後付與行童，行童將詩呈與印鐵牛長老，長老一看大怒道：「這瘋僧自以為認得幾個朝官，會做得幾句歪詩，就如此放肆，待我整治整治他。」尋思半晌，遂想出一條惡計來：此臨安城李提督與我最是深交，待我寫信與他，求他將淨慈寺門外兩旁松樹盡行砍去，破了他寺裡的風水，德輝長老曉得是濟顛種下的禍根後，定將逐出門去。遂提筆致書李提督不提。

再說那日德輝長老正與濟顛在丈室逗機鋒，忽有侍者來報：「不好了，大禍臨頭了，那李提督帶了一幫人，要砍寺門兩旁松樹。」這下長老亂了方寸，對濟顛道：「這些松樹乃淨慈風水所關，若被砍去，淨慈寺定然敗落了。」濟顛道：「長老且莫慌，待我出去看看。」遂出門來，找到那個當官的，就上前施禮道：「貧僧道濟參見大人。」那李提督瞥了道濟一眼，道：「你就是濟顛？」濟顛道：「貧僧正是。」李提督冷笑道：「聽說你善於用詩譏諷罵人，我今日來砍你寺松樹，你再作幾首詩罵罵人，如何？」濟顛道：「水腐蟲生，人有可譏笑處，方可譏笑，如大人，乃一郡福星，百姓受惠，貧僧頌德不遑，焉敢譏笑！不過大人此來若為砍樹，小僧不揣俚陋，吟詩一首，敢為草木乞其餘生。望大人垂鑒。」李提督道：「你且念來聽聽。」濟顛遂信口吟道：

　　亭亭百尺接天高，曾與山僧作故交。

滿眼枝柯千載茂，可憐刀斧一齊敲。

窗前不見龍蛇影，屋畔無聞風雨潮。

最苦早間飛去鶴，晚回不見舊時巢。

　　李提督見濟顛出口成章，且句句禪機，就說：「看來你倒是一個有學問的高僧，若眞有能耐，再作一首來聽聽，但須有禪機，好讓我參悟參悟。」濟顛不假思索，又信口吟了一律，曰：

白石磷磷接翠嵐，翠嵐深處結茅庵。

煮茶迎客月當户，採藥出門雲滿籃。

花被鳥拈疑佛笑，琴爲風拂宛禪談。

今朝偶識東坡老，四大皆空不用參。

　　李提督一聽，讚嘆不已，自想：我與印鐵牛長老雖是至交，但就慧根、禪機說，此濟顛卻是高出一頭，我何必無端與他交惡！不覺緩和了口氣，對濟顛道：「師父語含宿慧，道現眞修，下官也有一律，奉贈以博一哂。」亦長吟道：

不作人間骨肉僧，朗同明月淨同冰。

閒思吐作詩壇瑞，變相留爲法界徵。

從性入禪誰問法，明心是性不傳燈。

下根久墮貪瞋夢，今日方欣識上乘。

濟顛聽後，連連道謝，遂邀提督進寺獻齋，提督欣然應允，把他帶來的一幫人撤了回去。德輝長老一聽濟顛幾首詩救了淨慈寺，十分高興，特命侍者擺上好酒佳餚，既盛宴款待提督，也讓濟顛一醉。

　　再說自濟顛募得幾千貫錢後，淨慈寺正忙於重蓋藏經樓。那時正值深秋，有天傍晚，濟顛從外面回來，喝得走起路來歪歪斜斜，醉得分不清東南西北，手裡還提著一壺酒，邊走邊仰起頭來往嘴裡灌酒，壺口也找不到嘴，酒流到外面比喝進去的還多，一個小僧見了，忙上去把他扶到其住處，濟顛剛一躺下，便呼呼入睡了。睡到半夜，突然跳將起來，嘴裡大喊：「無明發了！無明發了。」眾僧都以為他又發酒瘋了，都不理他。他見大家不理會，也躺下睡了。過了一陣，又跳了起來，繞著兩廊僧房，又大叫：「無明發了！無明發了！」有些被他吵醒的人，索性把耳朵搗起來，不去理他。濟顛見眾僧不理他，就跑到監寺主房間外面大喊，監寺被他吵醒，很是惱火，出來大罵了他一頓。濟顛一氣，就回房睡覺了。約莫四更時分，那羅漢堂的琉璃燈燒著了幡腳，火苗漸漸蔓延開去，不一會兒功夫，已燒至大殿和兩廊僧房。此時一個起來解手的僧人見火光沖天，就大喊救火，大家起來一看，整個淨慈寺已成了一片火海，遂趕忙撲救，那裡還來得及，至天亮時，淨慈寺已被燒得只剩下一個山門。長老一看，仰天嘆道：「沒想到藏經樓未建

成，整個淨慈寺卻已毀於一旦了，可惱啊，可惱。」濟顛看見長老在哀嘆，就走了過去，笑呵呵地對他說：「生住異滅乃天地法則，盛衰興廢是世間常情，長老又何必哀嘆呢！讓我作一首詩，與長老解解悶。」遂大聲念道：

> 無明一點起逡巡，大廈千間故作塵。
> 我佛有靈還有感，自然樓閣一番新。

長老心想：這濟顛全無人間煩惱事，倒也快活，嘴裡卻不由自己地說：「『樓閣一番新』，談何容易！一個藏經樓，要不是你濟顛出來募化，還不知道哪年哪月才能湊足這三千貫錢呢，要重建一個淨慈寺，非得有三萬兩銀子不可，到哪裡去募化啊!?」濟顛道：「如果長老能再請我一醉，我可以再試試。」長老道：「你若有這麼大能耐，別說一醉，十醉又何妨！」濟顛一聽，呵呵笑道：「一言為定！」就揚長而去了。

過了幾天，濟顛來向長老要酒喝，長老生氣地說：「現在是什麼時候，還瘋瘋顛顛的，整個寺院都沒啦，哪來的酒？」濟顛一聽，也很生氣地說：「長老說話不算數？」長老問道：「我什麼話不算數？」濟顛道：「前天我說可以募化三萬兩銀子重建淨慈寺，你答應請我十醉，怎麼今日竟要食言？」原來那天長老見整個寺院毀於一旦，心裡煩惱，濟顛的話他壓根沒聽進去，今日見濟顛這麼一說，長老很是高興，忙說：「如果濟顛兄真

能重建淨慈寺，別說十醉，我把淨慈寺的住持讓予顛兄。」濟顛道：「住持我不稀罕，要當，早就在靈隱寺當了，何須來投長老！我但求一醉，能十醉當然更好。」長老道：「那好辦。」遂吩咐侍者準備酒菜。濟顛一連在寺裡喝了三天的酒，眾僧見了，私下議論說：「這濟顛也太不像話，寺院燒成這個樣，還有心整天在那裡喝酒！」有的則說：「那長老更不像話，一寺之主，這個時候還整天在那裡請濟顛喝酒。」濟顛聽了這些冷言冷語，也不去理會，只顧喝酒。那天喝得特別多，醉後對長老說：「好吧，從明日開始，我七天之內化足三萬兩銀子，來重建淨慈寺。」長老聽後十分高興，就親自給濟顛斟酒，濟顛喝得醉醺醺的，忙請長老叫侍者拿來筆硯，大筆一揮，寫道：

伏以大千世界，不聞盡變於滄桑；無量福田，到底尚存於天地。雖祝融不道，肆一時之惡；風伯無知，助三昧之威。掃法相還太虛，毀金碧成焦土。遂令東土凡愚，不知西來微妙，斷絕皈依路，豈獨減湖上之十方；不開方便門，實乃缺域中之一教。即人心有佛，不礙真修；恐俗眼無珠，必須見象。是以重思積累，造寶塔於九層；再想修為，塑金身於丈六。幸遺基尚在，非比開創之難；大眾猶存，不費招尋之力。倘邀天之幸，自不日而成。然工興土木，非布施金錢不可；力在布施，

必如天檀越方成。故天下求眾姓，益思感動人心，上叩九閣，直欲叫通天耳。希一人發心，冀萬民效力。財聚如恆河之沙，功成如法輪之轉。則鐘鼓復震於天空，香火重光於先帝。自此億萬千年莊嚴不朽如金剛，天人神鬼功德，長銘於鐵塔。南屏山淨慈寺書記僧道濟謹榜。

長老見濟顛之榜文寫得精深微妙，真切感人，不勝欣喜，遂令侍者端端莊莊貼於大門之上，過往行人，無不駐足讚嘆，當時就有不少人隨緣喜捨，三錢五錢、三兩五兩不等。濟顛見了就說：「這些惟可熱鬧山門，幹得甚事，要重建寺院，非得有大布施不可。」長老道：「勸人布施，只能積少成多，焉能叫人施捨成千上萬？」濟顛也不理會，便告辭了長老，出寺去了。長老則吩咐監寺在院裡搭起一個臺子，叫他這幾日專門接待來寺的施主。

再說這濟顛自寫完榜文後，向長老要了緣簿，就一搖一晃地顛出寺去了。進城之後，直奔毛太尉家。這毛太尉也是濟顛的「酒友」，一進門，毛太尉就說：「敢是來要黃湯喝的？」要是平日，濟顛定是呵呵一笑便坐下來喝酒，這次則一反常態地說：「今日看來是喝不成了！」毛太尉問為何喝不成？濟顛道：「我今日是來向你化緣的，你若答應了，我就喝酒，你若不答應，這酒就喝不成了。」毛太尉道：「要多少，你儘管說，說後

我們先喝酒，改日再叫人把錢物送去。」濟顛道：「怕是我說了之後，酒更喝不成了。」毛太尉聽他話中有話，就問道：「要多少銀兩？」濟顛伸出三個指頭，說：「這個數。」毛太尉以為是三百兩銀子，就說：「三百兩，這有何難，喝過酒後就給你。」濟顛搖頭又伸出三個指頭，毛太尉見狀，就說：「若是要三千兩，我一時也沒這許多銀兩，不過你可稍等幾天，我湊足後，叫人送去。」只見濟顛又搖頭說：「我要的是三萬兩銀子。」毛太尉一聽，就說：「你真是瘋了，我雖是一個朝官，有些積蓄，但哪來三萬兩銀子，你若要這個數，去向皇帝老子化差不多。」濟顛道：「皇帝老子你見得著，我見不著，我就要向你化。」說完，把緣簿往案上一扔，就往外走。毛太尉趕忙叫人追上，把緣簿還給他。濟顛拿起緣簿，往廳裡一扔，又往外走，毛太尉再叫人追出去時，已不見濟顛人影。毛太尉遂吩咐家人，日後如果濟顛來了，就說我不在，免得他又攪擾。這一天毛太尉在家生悶氣，一個人喝悶酒。

再說這濟顛從毛太尉家出來後，就逕直回淨慈寺了。一進門，長老就問他化得如何？濟顛道：「今日到幾老相識家，都不在，改日再說吧。還有六天時間呢！急什麼！」長老道：「對！對！不用急，這次化緣數目較大，如果七天化不來，再寬限幾天就是了。」濟顛道：「寬限倒不必，但這酒可得喝。」長老遂叫侍者再與濟顛弄些酒菜，濟顛吃過之後，倒頭就睡。第二天照樣又

出寺去四處閒逛。

　　一轉眼過去了四、五天，眼看七日的限期已快到了，但寺裡所化到的錢，也只有三、五百銀兩。那天長老又問濟顛：「這幾天情形怎樣？」濟顛道：「跟前幾天差不多。」這時剛好監寺過來，就問濟顛道：「昨日一小僧說，在西湖碰到你，你正在那裡遊玩？果有此事？」濟顛道：「然也！此小僧沒打誑語。」監寺道：「大家以為你出去化緣，原來你在外面遊玩，怪不得這幾天都沒什麼大施主。現在離七日期限只剩二天時間了，你又如何能化來三萬兩銀子。」濟顛道：「我只說七日化來三萬兩銀子，也沒說這七天之內不去西湖，更沒說過五日就化來，你在這裡放什麼屁！」長老在一旁打圓場道：「罷了罷了。你們別爭了。此事關係重大，須大家同心協力，共度難關。」濟顛聽後，哼了一聲，就又出寺去了。

　　第六天，雖有幾個施主捨了幾百兩銀子，但六天來所募化的，總計也不上一千兩銀子，大家心裡就想：照此看來，這七天期限濟顛無論如何是化不來三萬兩銀子。這時就有些僧人在說閒話了：「哪有那麼大的本事，七天化得三萬兩銀子，濟顛不過借此騙騙酒喝罷了。」此時連長老也有點著急了。晌午時分，長老親自到募化臺去，看看有沒有大施主來。大施主沒有見到，倒見濟顛從外面急匆匆地走進來對長老道：「快叫人用大紅紙抄一份榜文，再遲了就來不及了。」長老平素沒見濟顛

這麼認真過，就馬上叫人抄了一紙榜文。剛抄好沒多久，只見一個小僧來報：「毛太尉求見長老。」長老趕忙出門迎接。太尉一下馬就問淨慈寺是否出過一張榜文，長老忙指著山門上的榜文說：「正是，現在貼在門上。」太尉道：「快叫人抄一份給我，皇上要看榜文。」長老速將剛才叫人抄寫好的榜文交與太尉。太尉拿到榜文後，又騎上馬速速離去了，大家也不知皇上為什麼要看榜文。

原來那天濟顛強行把化緣簿仍在毛太尉家後，毛太尉很是惱火，但濟顛如此瘋瘋顛顛，又無可奈他何，生了一天悶氣。第二天就上朝去了。突然有內侍來叫毛太尉，說：「娘娘召你。」毛太尉忙到正宮來叩見皇后。皇后對他說：「昨日夜裡我做了一個夢，夢見一個金身羅漢，對我說起西湖淨慈寺前些日子被一場大火燒得只剩下一個山門，要向當今皇上化三萬兩銀子重建寺院，出了一張榜文，上有『上叩九閽，直欲叫通天耳』之句，我把此事對皇上說了，皇上叫你親自到淨慈寺去看看，果有此張榜文？」毛太尉忙說：「榜文的事，我也不得而知，但淨慈寺化緣重建寺院的事確實有之。前幾天該寺書記僧道濟曾經到我府上去過，說及要化三萬兩銀子重建寺院的事。」皇后聽後就說：「你再去淨慈寺看看，如有榜文，就叫人抄寫一份回來，我呈予皇上。」所以這天太尉急速到淨慈寺去要了那張榜文後，就逕直趕回宮內，把榜文呈予皇后，皇后一看，榜文果然有「上叩

九闊」之句，遂呈予皇上。

　　第七天淨慈寺照常設臺募化，因這是七日限期的最後一天了，長老頗為關心，經常到募化臺去看看，雖也有不少游散施主，布施的錢財若在平日，也算很多的了，但因有一個「三萬兩銀子」的數字在那裡擺著，因此大家都非但不感激濟顛為寺裡募得這許多錢，反而覺得濟顛言過其實，有的人還說濟顛在騙他們。還是長老通達一些，他頗體諒濟顛，認為募得這些已屬不易，不要過分苛求，因此，他吩咐監寺，若到晚上，倘募不足三萬兩銀子，見到濟顛，一定要好好待他，不要催逼，監寺唯唯應諾。快到中午時分，只見濟顛喝得醉醺醺的，手裡還拿著一壺酒，搖搖晃晃進寺裡來了。看到監寺，也沒同他打招呼，就回住處睡覺了。監寺看他這般模樣，又想他誇口七日募得三萬兩銀子，如今已是第七天了，所募得的十分還不足一分，本想說他幾句，因長老交待在先，便不言語，任他去了。

　　到了晌午時分，只見門公飛跑進來報道：「外面有黃衣使者來說，皇后娘娘到寺來進香，鑾駕已在半路了。長老急忙披上袈裟，領著合寺僧人，出了山門跪接。迎入寺內，皇后對著已被燒毀的大殿先拈了香，然後坐下，長老引眾僧參見皇后娘娘。只見皇后娘娘一個勁地往眾僧看，好像在尋找誰似的，找了半天，就問長老：「本寺僧人，是否都在此處？」長老一查點，獨獨少了濟顛，就對皇后娘娘說：「唯有一僧因身有不適，在裡頭歇養，

其餘的僧人均已在此。」皇后娘娘就對長老說：「可否帶我去看望他？」長老道：「豈可勞動娘娘大駕，我叫人傳他出來拜見娘娘就是了。」遂叫侍者去叫濟顛。不一會工夫，只見濟顛睡眼惺忪、滿口酒氣從裡頭出來，長老、監寺等見濟顛這般模樣，心想這下可要惹禍了。豈料正在擔心著，只見皇后娘娘一見，便高興地說道：「對啦，對啦，我所見羅漢，正是此僧，不過我夢中所見的羅漢，甚是莊嚴，今日為何作此幻相？」濟顛道：「貧僧只是一個窮和尚，並非羅漢，娘娘不要認錯了。」皇后娘娘說道：「我不會認錯，俗話說：『真人不露相』，你在塵世混俗和光，自然不肯承認，但你既化了皇上三萬兩銀子，我今日又特地送來，你將何以報答？」濟顛道：「貧僧是個窮和尚，只會打筋斗，別的無甚好報答娘娘。」一面說，一面就地打起筋斗來，因未曾穿褲子，早露出那物事來了，眾嬪妃宮女看了，都掩口而笑，近侍見他無禮，忙把他趕出寺院，長老和首座、監寺等都被濟顛此一舉動嚇得跪請娘娘恕罪，奏道：「此僧素來瘋顛，今日病發無禮，罪該萬死，望我娘娘恩赦。」只聽皇后娘娘說道：「此僧何曾瘋顛！真是羅漢，他此番舉動，乃是願我轉女成男之意，實是禪機，不是無禮。快把他請進來。」近侍趕忙出寺去找，哪找得著，早已無影無蹤了。皇后娘娘說：「他既避去，必不肯來，只好罷了。」遂叫內侍把三萬兩銀子交與淨慈寺，告別了長老，上輦還宮。長老與眾僧見皇上布施了三萬兩銀子，

都十分高興。長老就對眾僧道：「濟顛要重建淨慈寺，故顯此神通，感動皇上與娘娘，今皇后道破天機，他又故作瘋顛，你們日後不可輕慢了他。」眾僧聽了方才信服。

淨慈寺大雄寶殿

卻說這淨慈寺自從皇上布施了三萬兩銀子之後，大家見重建有望，都十分高興，雖然殿堂已經蕩然無存，但眾僧同心協力，有的置辦材料，有的清理地基，幹得甚是熱鬧。濟顛趁著此時，又去各處與他那些老朋友喝酒不提。

有一天，長老召集眾僧商議何時動工蓋房之事，只見監寺上前稟報道：「現在其它材料都已準備停當，只是大雄寶殿所需要的都是一些大木材，這臨安一帶又沒有合適的木料，貧僧正在犯難，特報知長老，請長老定

奪。」長老問何處才能弄到大木頭，有僧人說，此等大木，四川最多。長老一想：四川離此甚遠，莫說無人去買，就是買到了，也難載來。一時心中頗是不快。那天夜裡，濟顛回寺，長老就把他請到丈室，與他商量購買大木頭之事。濟顛一聽，就說：「只要有心，沒有辦不成的事，如果長老沒有更合適的人選，貧僧到四川去走一趟。」長老一聽大喜。但濟顛接著又說：「請我做事，向來都有一個規矩，諒長老是知道的。」長老知道濟顛又要叫他請酒，就說：「這你儘管放心。」遂吩咐侍者去準備上等的美酒佳餚，讓濟顛盡情受用。濟顛喝得不省人事，長老叫侍者扶他去睡覺，濟顛把白眼一翻，叫長老半個月後聽他的消息。

第二天一早，長老就叫侍者去看看濟顛醒了沒有，片刻工夫，侍者來報，已不見濟顛人影。長老想：這濟顛可能出去辦事了，等他回來後再請他多帶幾個隨從和銀兩，到四川去買木頭。那知道，濟顛一直沒有回來。等了十天，還不見濟顛的人影，長老就想：這濟顛會不會像上次靈隱寺昌長老請他做鹽菜化主一樣，因不願做，就索性跑了。他這一走不打緊，這去四川購木之事，可就再也找不出更合適的人了。一時不覺怪起濟顛來了：也非是我逼你，是你自告奮勇的，怎麼這樣不告而別了呢!?又過了二天，侍者來報，濟顛已經回寺，但醉得不成樣子，是別人把他扶回來的。長老一聽濟顛回來了，心裡一石頭落地。原來長老最擔心的是他一去不復

還，既然回來了，他肯定有辦法，因此很是高興。

　　再說濟顛此次一醉，非同往常。以往醉了，第二天又是哼哼哈哈、瘋瘋顛顛的。此次濟顛直睡到第二天仍是不省人事。有些僧人以爲濟顛醉死了，但上前摸他時，又是身體溫暖、鼻息調和，但又叫不醒他。如此一直睡了二天二夜。首座勸長老請個醫生來給他診治診治，長老說：「大可不必。」眾人見長老這麼說，也就由他睡覺，不管他了。

　　約莫睡到第三天日頭正中之時，濟顛突然跳將起來，嘴裡大喊：「大木來了，快叫匠人搭起鷹架來扯大木。」眾僧見狀大笑。有的就說：「別說夢話了，你醉死三天，把長老都給急壞了，快去給長老賠罪吧，搬運什麼大木！」濟顛見大家都不理會，只好自去丈室報告長老。長老一聽，就問濟顛：「在何處搭鷹架？」濟顛道：「在香積廚古井旁邊。」長老問他在古井邊搭鷹架幹什麼。濟顛道：「我從四川化來了許多大木，若從錢塘江搬來，需費許多人工，我見香積廚旁裡醒心井與海相通，故將大木都運到井底下，故需搭鷹架去扯。」長老問他大木何時能到，濟顛說再過三個時辰便到。長老見濟顛說得有枝有葉，遂吩咐匠人在井旁搭起鷹架。鷹架剛搭好，只見井底水直朝上湧，隨後一根木頭露出了水面，長老和眾僧無不讚嘆濟顛神通。長老謝過濟顛之後，便令眾人利用鷹架把第一根木頭扯上來，剛扯上來一根，第二根又露出頭來。長老問他共化了多少大木，

濟顛道：「可叫匠人計算一下，若夠用了，就說一聲，現在只管扯。」木匠在眾人扯木頭時一邊計數，一邊安排哪根為梁，哪根為柱，當扯到九十九根時，只聽木匠喊了一聲：「已經夠了。」說來也怪，只見剛露出水面的那根木頭，不管用多大的氣力，再也扯不上來了，至今留在井中。後人把此醒心井稱為「運木古井」。

慈濟寺運木古井

濟顛上次感通皇上皇后施銀三萬兩，眾僧已皆稱奇，此次古井運木，眾僧更驚以為神，消息傳出之後，世人都稱他為活佛。這淨慈寺也因濟顛所化的三萬兩銀子和古井運來的大木，經二年重建，一切殿堂樓宇一應俱全，比起昔日來，更加金碧輝煌，香火也更旺了，一寺眾僧，上至長老，下至門公，都對濟顛感激不盡。

八‧扶危濟困　一笑歸眞

　　淨慈寺得以重建，眾僧歡喜，濟顛的日子也好過多了。以前雖然長老也不太管他，但離寺時間一久，多少總有點牽掛、擔心，於今不同了，有時一走就是一兩個月，長老也不過問，喝得痛快，玩得開心，無牽無掛，煩惱全無。那天見寺裡正要爲一個施主做道場，又不干他的事，就搖著一把破蒲扇，出寺去了。走到張公店前，心想：此張公張婆已好些日子不見，進去看望看望她們吧，遂不聲不響地走進店去。張婆見有人進來，遠遠的用手一指，招呼他坐下。濟顛心想：這張婆今日怎麼啦，以往我濟顛一來，她最是熱情，今日怎麼愛理不理的，心中納悶，就揀了一個安靜的座位坐下，像一般的客人那樣吃喝起來：「老板娘，來壺酒！」張婆趕忙過來，一看是濟顛，叫道：「你是什麼時候進來的，怎麼不說一聲。」濟顛開玩笑道：「我老早就進來了，你見我常在這裡白吃，所以一直不理我。」張婆道：「我眞是該死，這幾天被女兒的病折騰得心煩意亂，一時出了神，所以不曾見到師父進來，請別見怪。」濟顛一聽她女兒

生病，忙問是得的什麼病。張婆道：「請了好多醫生，也沒診出是什麼病，只是咳嗽得屬害，吃什麼，病都不見好轉，真是急煞人，今日一大早，我那當家的又出去請醫生了。」濟顛道：「你帶我去看看。」張婆道：「你先喝了酒再說吧。」濟顛道：「酒是免不了要喝的，等我看過你女兒的病後再喝吧。」張婆一聽大喜，遂帶濟顛進內屋去看她女兒。」濟顛見她女兒著實病得不輕，咳嗽起來，有時竟上氣不接下氣的。張婆道：「一到夜裡咳得更凶。」濟顛一聽，知她得的是癆病，就對張婆說：「此病非是丸散膏丹所能治，我有一法，可治此病，就不知你們是否願意？」張婆道：「只要能治好她的病，有什麼不願意的。」濟顛道：「要治此病，須讓你女兒同我伴坐一夜，如何？」張婆見濟顛乃是一個道行高深的出家人，自己的女兒最多只剩下半條命了，就說：「這又何妨。」濟顛道：「既如此，我晚上再來。」說完就要離去。張婆請他無論如何吃過飯再走，他要了一壺酒，一碟豆腐，草草吃過就走了。

那天傍晚，濟顛早早來到張公店裡，張公張婆趕忙打烊，準備酒菜請濟顛。濟顛一連喝了二十多碗，就吩咐他們把她女兒房間四圍的窗戶、壁縫都黏得緊緊的，自個進屋去了，請他二老天亮之前切勿打擾。自己把上身脫得精光，坐上床去，叫那女子也把上衣脫光，與他背貼背，手勾手坐著。初時那女子尚無什麼感覺，待到坐久了，只覺得通身發熱，胸裡像有什麼蟲兒在蠕動似

的。只聽濟顛口中念道：「癆蟲癆蟲，身似蜜蜂，鑽入骨髓，食人血膿。患者莫救，醫者難攻。運三昧火，逐去無蹤。」那女子只覺得周身被蟲兒鑽得又癢又痛，真想將脊背拆開，無奈手被濟顛勾著，脫不得身。直坐到五更時分，只覺得鼻頭一癢，打了一個噴嚏。濟顛知道癆蟲已經飛出，遂把手放鬆，走出房間，對張公張婆說：「你那女兒的癆蟲已被我的三昧真火逐出，半月之後，病自然好，無須憂慮。」張公張婆一聽大喜，又請濟顛喝酒。濟顛此次喝得痛快，一連喝了三四十碗，之後把嘴一抹，就搖搖晃晃走出門去。

濟顛出了張公店之後，因昨天夜裡動了真氣，因此只覺周身困乏，到了一座橋上，倒地就睡。自己也不知道過了多少時間，只覺得有人在拉扯他。他睜眼一看，原來是兩個當差模樣的在拉他，又聽其中一人罵道：「你這個野和尚，怎麼光天白日在這路頭躺著，我家大人要從這裡路過，還不趕快起來。」濟顛一聽，睡眼惺忪地說：「你家大人走他的路，我睡我的覺，與他何干。」只聽那當差的又罵道：「你這和尚乃是出家人，怎麼如此無禮！」濟顛道：「我多喝了幾碗酒，一時走不動，在此歇息歇息，又犯了哪一條王法啦？」此時坐在轎子裡的馮太守不禁大聲罵道：「好一個野和尚，既入空門，又喝酒犯戒，更當眾撒野攪亂，怎說無罪！把他拿下。」兩個當差的隨即把濟顛抓了起來，帶回府去。

到了馮府，差人把濟顛推到廳堂，馮太守自回後堂

去了，令人拿來紙筆，要濟顛把自己之法號、道行及所在寺院名稱從實寫出，再行發落。濟顛接過紙筆，寫道：

南屏山淨慈寺書記僧道濟，幼生宦室，長入空門。宿慧神通三昧，辯才本於一心。理參無上，妙用不窮。雲居羅漢，惟有點頭；泰州石佛，自難誇口。買響葍也吃得飯，打口鼓盡覓得錢。倔強賽過德州人，蹊蹺壓倒天下漢。尼姑寺裡講禪機，人都笑我顛倒；娼妓家中說因果，我卻自認瘋狂。唱小詞聲聲般若，飲美酒碗碗曹溪。坐不過禪床上醉翻筋斗，戒難持盂鉢內供養唇兒。袈裟蕩子，盧婦皆知；好酒顛僧，禪規打倒。圓融佛道，風流和尚，醉昏昏偏有清閒，忙碌碌向無拘束。欲加之罪，和尚易欺；但不犯法，官威難逞。請看佛面，稍動慈悲，拿出人心，從寬發落，今蒙取供，所供是實。

差人把濟顛的供詞呈予馮太守，馮太守一看，供詞寫得確富有禪機，但此人冒充濟公，罪更在不赦。想那濟公乃「叫通天耳」的活羅漢，豈是這般躺街臥巷之野和尚，就對差人說，你回去告訴他，濟公能詩善詞，他若真是濟公，叫他寫幾首來與我看看。濟顛聽說要他寫詩，大筆一揮寫道：

削髮披緇已有年，惟同詩酒結因緣。
坐看彌勒空中戲，且向毗盧頂上眠。
撒手便能欺十聖，低頭端不讓三賢。
茫茫宇宙無人識，只道顛僧擾市廛。

　　太守一看，想必真是濟公，就叫差人把他放了。可濟顛一聽放他，卻不罷休，說：「無端把我抓來此地，說聲放了就完了，豈有如此便宜事！」差人問他還要怎樣？濟顛說：「你家大人既然要我做詩，自然也略懂一二，我今日不為別的，就想同你家大人比試比試做詩。」差人回報馮太守。太守心想：別的暫且不說，我乃科舉出身，此吟詩填詞一項，乃最為拿手，我倒要看看這濟顛究竟有多大能耐。想罷，就來到廳堂，對濟顛說：「聽說你和尚要與我比試做詩，果是這樣？」濟顛道：「然也。」馮太守道：「好吧，讓你出題。」濟顛道：「你是朝廷命官，我是出家僧人，我們就來學學佛印禪師與東坡老吟詩鬥機鋒吧。」馮太守說：「如何鬥法？」濟顛道：「昔日蘇東坡、秦少游、黃魯直、佛印禪師四人共飲，東坡行一令，前要一件落地無聲之物，中要兩個古人名字，後要結詩二句，要說得有情有理又要貫串，如不能者罰。」馮太守尋思半晌，還不甚明白濟顛所說的意思，就說：「試舉他們所做一詩來聽聽。」濟顛道：「大人聽著，如：
　　蘇東坡道：「筆毫落地無聲，撞頭見管仲，管仲問

鮑叔：『因何不種竹？』鮑叔道：『只須兩三竿，清風自然足。』」

秦少游道：「雪花落地無聲，擡頭見白起，白起問廉頗：『如何不養鵝？』廉頗曰：『白毛鋪綠水，紅掌戲清波。』」

黃魯直道：「蛀蟲落地無聲，擡頭見孔子，孔子問顏回：『因何不種梅？』顏回曰：『前村深雪裡，昨夜一枝開。』」

佛印禪師道：「天花落地無聲，擡頭見寶光，寶光問維摩：『僧行近如何？』維摩曰：『牛街人命案，遇僧有著落。』」

這馮太守起初一直認眞聽著，思索著如何與濟顚應對，但當聽到「牛街人命案，遇僧有著落」時，他不禁一驚，吟詩雅興頓時全無。原來馮太守眼下正著手辦理一椿案子，係在牛街發生的一椿殺人案。此案雖說凶手已經逮到，但馮太守總覺得此案多有可疑，但又找不到旁的證據，一時鬱悶，就帶著隨從到外面隨便走，正好在橋上撞上濟顚，濟顚此兩句詩怎不令他大吃一驚，心想：此濟顚怎麼要在這詩裡故意提出殺人案？又是如何「遇僧有著落」的？以往屢屢聽說濟顚很有神通，莫非他知道此事，何不借此問他一問。遂令旁人退下，欲向濟顚問個究竟。一開始時，濟顚一直同太守打哈哈，太守問得緊了，他便說：「須有好酒下肚，天機方可洩露。」太守忙吩咐準備美酒佳餚。酒足飯飽之後，濟顚才走到

太守跟前，附耳「如此，如此，此案方可了結，也才不會冤枉好人。」說後便揚長而去了。

第二天，太守叫來四個公差，吩咐他們每天夜裡到牛街古林巷口潛伏，見有動靜，方可下手。四個公差在古林巷口潛伏了三天，一直毫無動靜。開始懷疑濟顛是在戲弄他們。第四天三更時分，忽見巷口出現一個人影，直朝何氏家走去。四個公差屏住氣，只見那人敲了三聲門，何氏把門一開，那人就溜進去了。四個公差在外又等了約半個時辰，見裡面已全無動靜，就上前去猛地把門踢開，把那人同何氏赤身裸體地從床上扯了下來，解往衙門。

太守見逮到兩個賊男女，第二天一早就升堂。一開始時，那女子哭哭啼啼，說什麼也不承認，直到太守喊「大刑伺候」，方才嚇得面如土色，從實招供。

原來此何氏乃本地商人韓成之妻，生得有幾分姿色。韓成一年約有十個月在外頭做生意，他有一個好朋友叫齊剛，乃是一個血氣男兒，平時兩人親如兄弟。有一次，韓臨外出時，就交待齊剛替他照看何氏。起初，齊剛常往韓成家跑，何氏每次都十分殷勤，後來就漸漸用一些話語挑逗齊剛，有時天色稍晚一些，甚至叫齊剛就在她家過夜。原來此婦人受不了守空房的寂寞，想勾引齊剛。齊剛乃是一個血性漢子，豈敢做這等對不起朋友的不仁不義之事。那婦人見齊剛不為所動，就挖空心思，有一次，齊剛到她家坐下不久，那婦人就裝著叫頭

疼，接著便昏倒在地上，齊剛見狀，趕忙把她抱到床上。哪知道，齊剛正要把她往床上放時，那婦人兩隻手緊緊吊住齊剛的脖子，要同他作雲雨之歡。齊剛見何氏如此無恥，就狠狠打了她一記耳光，氣憤地走了，後來就很少到韓成家去。

再說這何氏挨了齊剛一巴掌，又氣又惱，但絲毫不思改悔。當時牛街有一家裁縫店。店主姓張，排行第二，人稱張二混。此人最是好色，很多到他店做衣裳的女子常遭他輕薄。那天這張二混飯後無事，就逛到何氏家門口。此何氏乃是一個水性楊花之淫婦，受不了寂寞，就請張二混到她家坐坐。進門稍坐不久，兩人便眉來眼去。張二混見狀大喜，遂用話語挑逗何氏，隨後就動手動腳了，那何氏先是假裝羞怯，但毫無責怪之意，張二混膽子更大了，上前攔腰一抱，何氏半推半就，就成了那樁好事。張二混有了此番艷遇，後來就三天兩頭往韓成家跑，兩人越發如膠似膝、難分難捨。

自從何氏勾搭上這張二混後，每次韓成經商回來，何氏都格外殷勤。卻說那年清明節過後，韓成又出外經商，因生意順利，就提早回來了。也該此事發作，那天韓成回到家時正好是晚上，他一敲門，等了好久何氏才出來開門。韓成問她為何過了這許多時間才來開門，何氏神色緊張，說起話來也吞吞吐吐。韓成見狀，心中犯疑，一進房間時格外注意，猛地發現一男人的鞋子，韓往床下一看，裡面藏著一個男人，韓大怒，把他揪了出

來。不料此張二混一見事情敗露，對著韓成就是一拳。這張二混曾練過一些拳腳，此拳又幾乎把吃奶的力氣也用上了，只見韓往後一倒，竟一命嗚呼了。此張二混見出了人命，一時十分慌張，倒是那女人有了主意，叫張二混拿來一把刀，對著韓成的胸口一刺，因韓剛剛斷氣，一時血流如注。何氏忙叫張二混回家，過一會兒再到她家附近，一聽到她喊救命時，就衝進來。張二混一一照辦了。此何氏見一切已經安排停當，就趕忙跑到齊剛家，說韓成已經回來，叫齊剛過去一敘。齊剛聽說韓成回來了，也不介意，就跟了那婦人到了她家。一進門，齊剛不見韓成，就問：「韓大哥呢？」那婦人說：「因身體不適，在裡屋躺著。」叫齊剛進裡屋去。齊剛一進裡屋，見韓倒在地上，一身是血，大吃一驚，剛欲回頭問何氏是怎麼回事，只聽那婦人已跑出屋去了，在外面大喊：「救命啊，齊剛殺人了。」此時早在外面等候的張二混立即推門進來，問發生了什麼事，何氏邊哭邊喊：「齊剛殺人了，齊剛殺人了。」張二混衝進屋去，不由分說，就把齊剛打倒在地。用繩子一捆，叫來左鄰右舍，把齊剛送往衙門。到衙門後，何氏就泣不成聲地哭訴道：「此齊剛真是人面獸心，我相公待他親如兄弟，他卻見我相公不在家，來我家時屢次三番調戲我，有時還動手動腳，我死活不從，今晚又到我家來胡攪蠻纏，正好我相公回來，我把此事同相公說了，相公責罵他不該如此不仁不義，他就與我相公吵了起來，後來兩人就動起手來，不

想齊剛竟如此歹毒，抓起菜刀把相公給捅死了，望大人做主，給我相公報仇。」太守聞後，叫何氏先回家去，日後有事再傳訊她，將齊剛關進牢裡。

天下的事，往往無巧不成書。卻說那天濟顛正在一個店裡喝酒，旁邊坐著兩個人正在猜拳行令，只見其中一個老是猜輸，故總是他喝酒。酒一喝多，話也多了。那個人看見旁邊只有一個窮和尚，也不介意，便得意地對另一個人說：「我最近真是走了桃花運了，遇著一個娘子，不但生得十分姿色，而且是一個女中丈夫，你猜怎的？那天我正在她家與她相會，不料她相公回來，撞個正著，我一不小心一拳把她相公給打死了，不料此娘子果真有辦法，略施小計，就把我給救了。改日有空我帶你去會會她，也讓你樂樂。」濟顛一聽，就知道這張二混原來就是牛街人命案的凶手。所以那天他故意吟出那首詩讓馮太守發問，隨後告訴馮太守道：「這些奸夫奸婦最是色膽包天，若能令人在何氏家門口潛伏，不日定能抓到凶手。」果然守了幾天，就把那張二混給逮到了。此何氏也許見姦情已露，自覺得無臉做人，加上馮太守一聲大刑伺候，想想賴活不如快死，因此就一一招供了。張二混見何氏已然招供，只好認罪。濟顛見此事已經了結，向馮太守要了一頓好酒，大醉之後就飄然離去了。

出了衙門，濟顛便到趙文會家住了兩天，酒後論詩對奕，頗是自在。第三天濟顛辭別趙文會，說要回寺裡

去。走到半路，見有一個老太太在路邊哭得好生淒慘。濟顛便上前問她所為何故。那老太太說，我兒子前幾天捉到一隻蟋蟀，沒想到因此引來災禍。濟顛問老太太蟋蟀如何引來災禍。老太太說：「我兒子前幾天捉到的那隻蟋蟀，不但叫得好，生得好看，而且與人家的蟋蟀鬥，從沒輸過。誰知這個消息被王安撫的公子王通知道了，今天一早帶了幾個人來，說要用三十吊錢向我兒子買那隻蟋蟀，我兒子說什麼也不賣，那王公子仗著人多勢眾，就動手搶，搶來搶去，把蟋蟀弄跑了。他就叫那幫人翻箱倒櫃、掘灶挖地，把家裡翻得個底朝天，我兒子氣得要同那幫人拼命，結果被他們打得鼻青臉腫、遍體是傷，那幫人見搶不到蟋蟀，就揚長而去了。這位師父你說說看，這天理何在啊！」濟顛一聽，覺得這王通也欺人太甚了，就走進屋去，見她兒子躺在床上，傷得果真不輕，濟顛趕忙給了他一些藥，叫他儘快吃下；又向他要一隻一般的蟋蟀，她兒子問濟顛做什麼用，濟顛說要去教訓教訓那幫人。老太太一聽，忙對濟顛說：「你一個人哪是他們的對手，這王安撫可是朝廷的大官，他家公子向來橫行霸道，街坊四鄰都怕他，你這樣去只會挨打。」叫濟顛千萬別去，濟顛說：「我自有辦法對付他們。」說完，拿著蟋蟀就走了，走沒幾步又回頭對老太太說：「你們在家裡等著我的消息，我過會兒就回來。」

卻說這濟顛拿著一隻蟋蟀來到王安撫門口，就叫看門的老頭進去通報，他要同王公子鬥蟋蟀。王公子最喜

歡鬥蟋蟀，一聽有人要同他鬥蟋蟀，趕忙叫僕人隨便抓幾隻蟋蟀，帶著幾個人，就來到門口。見是一個窮和尚，心裡稱奇：和尚也鬥蟋蟀？倒是新鮮事。就叫隨從把蟋蟀放下，與濟顛鬥起蟋蟀來了。起初他不怎麼看得起濟顛的蟋蟀，沒想到，自己帶出來的幾隻蟋蟀都被濟顛的蟋蟀鬥敗了，王通就叫隨從把家裡那隻大蟋蟀捉出來，濟顛一看，此蟋蟀果然不同一般，個頭既大，又凶悍。濟顛就說要用三吊錢買這隻蟋蟀，王公子一聽，哈哈大笑：「你想用三吊錢買這隻蟋蟀？大概是瘋了吧！要知道這隻蟋蟀我是用三百兩銀子買來的。」濟顛一聽，就說：「哪能值那麼多錢？我看看。」王公子十分得意地把蟋蟀遞與濟顛。濟顛接過蟋蟀拔腿就跑。王通被濟顛這突如其來的舉動給弄懵了，片刻後方醒過來，連叫：「快追！快追！把這老和尚往死裡打。」眾人一起追趕。別看濟顛那副模樣，王公子一幫人說什麼也追不上他。他們快，他也快；他們慢，他也慢，總是相距那麼一段路。追著追著，追到他們早上來搶蟋蟀那個人家門口，濟顛站著不再跑了。那個老太太當時正好在門口，見濟顛被那幫人追到這裡，心想：這個師父這下完了。但只見濟顛不慌不忙，等王通追到跟前，就對王通說：「這個地方你們早上來過吧！」王通說：「就是來過又干你甚事！」濟顛道：「路見不平，拔刀相助，我今日就要管這不平事。」王通罵道：「你這個窮和尚，真是活得不耐煩了，我今日就送你上西天吧。」手一揮，叫隨眾

去抓濟顛。一開始，濟顛一躲一閃地跟這幫人逗著玩，後來見誰衝過來，他就用扇子一搧，只見那個人就直朝王通衝過去，照著王通的臉就打，把王通打得嗷嗷直叫。王通見這個和尚真有點神通，就喊住隨從，問濟顛是哪方僧人？為什麼要管這事？濟顛道：「我乃南屏山淨慈寺書記僧道濟是也。」王通一聽是濟顛，嚇得趕忙下跪求饒。濟顛道：「要我饒你不難，但要依我三件事。」王通問哪三件事？濟顛道：「第一，你早上無端來向此搶蟋蟀，打壞了人家的家具，打傷了這個老太太的兒子，你必須拿出一百兩銀子，給她們買家具和做藥費。」王通說：「這條好辦。」「第二，你從今往後，必須改過從善，不得再為非作歹。」王通道：「學生願聽從聖僧教誨。」「第三，你早上把人家的蟋蟀弄跑了，必須把這隻蟋蟀還給人家。」王通一聽這條，一開始說什麼也不同意。濟顛看王通捨不得這蟋蟀，就用扇子一指，幾個隨從又都身不由己地朝王通衝過去，一人一拳，打得王通直叫救命。濟顛問他這第三條依還是不依？王通只好答應。濟顛聽後就叫王通把一百兩銀子現在就給這老太太。王通說身上沒這麼多銀子，明日再叫人送來。濟顛說：「不行！你我現在這裡等著，叫隨從回家去取。」王通只好照辦。隨從取來銀子，濟顛又教訓了王通幾句，讓他走了。那老太太見濟顛如此能耐，忙進屋去欲領其兒子出來謝謝聖僧，當她把兒子扶出來時，已不見濟顛蹤影。

濟顛在紅塵浪裡混俗和光、遊戲人生，在臨安一帶扶危濟困、懲惡賞善，久而久之，名聲越大，人們都把他當作應眞羅漢，救世菩薩，上至王公顯貴、皇親國戚，下至平民百姓、市井商賈，遇著者都恭敬有加，或稱之「活佛」，或叫他「聖僧」，對這些濟顛都呵呵一笑、破蒲扇一揚了之；或有要重金酬謝，或有要送其綾羅綢緞者，一句「出家人要這有何用」算是回答；所愛者唯在黃湯美酒，此物他最是視爲生命，眞可謂「酒不厭多，吃不厭醉」，一生也不知道灌了多少黃湯。卻說那年濟顛已是六十又二歲光景，有一天他同老朋友王太尉同遊西湖，兩人走一陣，吃一陣，走走吃吃，吃吃走走，也不知走了多少路，喝了多少酒。當走到蘇堤一家酒店時，兩人又進去喝，剛喝了兩碗，濟顛突然打住，作起頌來，頌曰：

　　　朝也吃，暮也吃，吃的喉嚨滑如漆，吃得肚皮壁立直，吃得眼睛瞪做白，吃得鼻頭糟成赤。有時純陽三斗，有時淳于一石；有時鯨吞，有時龍吸；有時效籬下之陶，有時學甕旁之畢。……其色美，珍珠琥珀；其味醇，瓊漿玉液。問相知，曲蘗敢親；論朋友，糟邱莫逆。一上手，潤及五臟，未到口，涎流三尺。只思量他人請，解我之饞；並未曾我作主，還人之席。倒於街，臥於巷，似失僧規；醉了醒，醒了醉，全虧佛力。貴王侯要我

超度生靈，莫不篩出來任我口腹貪饕；大和尚要我開題緣簿，莫不沾將來任我杯盤狼籍。醺醺然，酣酣然，果然醉了一生；昏昏然，潽潽然，何嘗醒了半日？借此通笑罵之禪，賴此混瘋顛之跡。想一想菩提心，總是徒勞；算一算觀音力，於人何益？在世間只管胡纏，倒不如早些圓寂。雖說死不如生，到底是動虛靜實。收拾起油嘴一張，放下了空拳兩只。花落鳥啼，若不知自機，酒闌客散，必遭人而逸。艷陽春色，漫說絕倫；蘭陵清膏，休誇無匹。縱美於打辣酥，即甜如波羅蜜，再若當時，何異於曹溪一滴！

濟顛頌罷，即立起身，竟自走了出去。王太尉一聽此頌，想濟顛平日總是嘻嘻哈哈，今日怎盡說「圓寂」等語，心裡不免詫異，忙付了酒錢，跟了出來，勸濟顛到各處觀賞山水。當時天熱，濟顛見有一賣涼粉之小攤販，就要了一碗涼粉，吃過後覺得還不解渴，又要了一碗，王太尉勸他：「此物性冷，不宜多吃。」濟顛道：「吃得痛快，管它肚皮做甚！」一連吃了四五碗。兩人又遊覽了一陣，就各自回家去了。

卻說這日濟顛自回寺之後，就接連地瀉，瀉得有時剛爬上床，又趕忙提起褲子往茅廁跑，直瀉了一天兩夜，甚覺疲倦，第三天連飲食也不想了。同房僧人趕忙通報長老，長老遂來僧房看望濟顛，說道：「你平日最健，

為何今日一病，竟至此地步。」濟顛聽後做一頌道：

> 健，健，健，何足羨！只不過要在人前扯門面。
> 吾聞水要流，山要崩陷，豈有血肉之軀，支撐六
> 十年而不變？棱棱的瘦骨幾根，癟癟的精皮一
> 片，即不能坐高堂，享美祿，使他安閒。又何苦
> 忍饑寒，奔道路，將他作賤！見眞不眞，假不假，
> 世法難有；且酸的酸，鹹的鹹，人情已厭。夢醒
> 了，雖一刻也難留；看破了，縱百年也有限。倒
> 不如瞞著人，悄悄去靜裡自尋歡，索強似活現世，
> 哄哄的動中討埋怨。急思歸去，非大限之相催；
> 欲還本來，實自家之情願。咦！大雪來，烈日去，
> 冷與暖，貧僧已知瓶乾矣，甕竭矣，醉與醒，請
> 長老勿勸。

德輝長老一聽，嘆道：「濟顛來去，如此分明，禪
門又添一重公案。」遂吩咐侍者扶他到安樂堂靜養。

淨慈寺眾僧一聽濟顛要西歸，大家都一陣悲哀，連
那些平日看不慣他行事的人，此時也想起濟顛的許多好
處來，連聲嘆息。當天夜裡，德輝長老到安樂堂去看望
濟顛。濟顛對長老道：「今日貧僧就要西去了，敢煩長
老做主，請個剃頭的來與我剃淨，免得毛毛茸茸的不便
見人。」長老遂令侍者去喚來剃頭師傅，替濟顛剃淨了
頭髮，又叫人替他燒湯洗浴，換了一身潔淨的衣服。濟

顚見諸事已畢，坐在禪椅上，叫取文房四寶，寫下了一首辭世偈言，曰：

六十年來狼籍，東壁打到西壁。

於今收拾歸去，依然水連天碧。

寫完偈言，放下筆，微微一笑，遂下目垂眉，圓寂去了。是年乃宋嘉定二年（1209年），世壽六十又二。

過了三天，德輝長老請來了江心寺長老與濟顚入龕，第四天又啓建水陸道場，爲他助修功德，選定五月十八日出喪。那天，衆人起龕，鼓樂喧天，從淨慈寺到虎跑寺的路上，站滿前來給濟顚送行的人，旣有王公顯貴，也有平民百姓，人群中不時傳來哭泣哀號之聲，情景煞是動人。過了虎跑山門，德輝長老又請宣石橋長老與濟顚下火，只見宣石橋長老手執火把，大聲唱道：

濟顚濟顚，瀟灑多年，犯規破戒，不肯認偏；呵佛罵祖，還道是謙。童子隊裡，逆行順化；散聖門前，掘地討天。臨回首，坐脫立化，已棄將盡之局；辭世偈，出凡入聖，自辨無上之虔。還他本色草料，方能滅盡狼煙。

咦！火光三昧連天碧，狼籍家風四海傳。

宣石橋長老念畢，舉火燒著，火光中舍利如雨。火

化完畢，德輝長老親自把舍利送入虎跑寺塔中。

　　一代活佛，在此娑婆世界瀟灑了六十年，就此返本歸眞。

九・道濟禪學思想剖析

　　由於道濟其人不曾有著作留傳於世，因此，對於道濟禪學思想的探討，只能依據有關寺志及那些帶有一定文學色彩的僧傳，這一點應該首先向讀者說明。

　　實際上，本章對於道濟禪學思想的剖析，主要是對蘊涵於以上各章，亦即對體現於道濟的生平事迹及其言談詩偈中的禪學思想，進行歸納、概括，或者從事禪學理論的角度，對它進行闡釋、論述。

1.禪非坐臥　佛在自心

　　據《濟顚僧傳》記載，當道濟備受坐禪之苦，找其師父瞎堂遠禪師訴苦時，曾說了這樣一段話：

> 坐禪原爲明心，這多時，茫茫漠漠，心愈不明；
> 靜功指望見性，那幾日，昏昏沉沉，性愈難見。
> 睡時不許睡，強掙得背折腰駝。立時不容立，硬
> 豎得筋疲力倦。向晚來，膝骨伸不開，到夜深眼
> 皮睜不起；不偏不側，頸項帶無木之枷；難轉難
> 移，身體坐不牢之獄；跌下來臉腫頭青，扒起時

手忙脚亂；苦已難熬，監寺又加竹片幾下；佛恩
洪大，老師救我性命一條。

　　照此說來，坐禪真如桎梏牢獄，苦不堪言，它非但
於人無益，而且簡直要人性命。從傳統佛教的觀點看來，
這種說法也許有點離經叛道──因為傳統佛教的一個基
本觀點，就是把坐禪看成是學佛修行的最基本的方法之
一；但是，如果把道濟對坐禪的這番描述與《壇經》中
慧能對坐禪的有關論述聯繫起來，那麼，二者則頗有相
通之處。例如，據《壇經》載，當慧能聽志誠說神秀的
禪法主要是敎人住心觀靜，長坐不臥時，便說：「住心
觀靜，是病非禪；長坐拘身，於理何益！」並作一偈曰：
「生來坐不臥，死去臥不坐；一具臭骨頭，何爲立功課。」
這兩段話雖然具體的說法不盡相同，但都蘊涵著一個思
想前提，即「禪非坐臥」、「道由心悟」，用道濟話說，即
是「坐禪原爲明心」、「靜功指望見性」。

　　在《濟顚僧傳》中，道濟還屢屢語及學佛修行與外
在的行爲並沒有直接的關係，例如他痛罵那些假裝一本
正經坐禪的和尚，有如泥塑木雕一般，又有何用！認爲，
凡夫俗子，往往拘於形式，木然呆坐，其結果多屬修皮
不修骨；而利根之人，只要心中有佛，一切動作施爲，
都不礙真修。他曾以一句「他人修口不修心，我爲修心
不修口」來爲自己飲酒食肉作辯護。此語雖然帶有幾分
自我解嘲之意，但其注重「修心」的思想卻於此可見一

斑。

　　道濟承繼慧能心即是佛，注重明心見性的思想，他自己也曾明確語及，在其入滅之前的一首頌中，他曾視自己的思想是「曹溪一滴」！可見，慧能南宗禪確實是道濟思想的一個重要的來源。

2. 性本天眞　隨緣任運

　　說道濟的禪學思想源於慧能的南宗禪，並不意味著道濟的禪學思想屬於慧能爲代表祖師禪，實際上，如果從總體上說，與其說道濟的思想屬於禪宗前期的祖師禪，毋寧說它與隋唐之後的「分燈禪」更接近一些。

　　道濟其人的最大特點，如果一言以蔽之，則在於「顛」！《濟顛僧傳》有這樣一句話：「這濟顛竟將一個顛字，認作本來面目。」此話可視爲描繪道濟其人的畫龍點睛之筆。蓋道濟之「顛」，並非瘋瘋傻傻之「顛」，而是一種體現「本來面目」之「顛」。在道濟看來，人之天機，由於各種禮教規矩、造作雕鑿，大多給淹沒了，因此，一般人平時所表現出來的，大都是一種與本來面目相去甚遠的虛假外表，唯有那種違情悖俗之「顛」，可以透露出些許人之自性天機、本來面目，這有如三歲小童，雖然幼稚無知，但所說所做，卻全屬天機；猿猴禽獸，雖毫無規矩，但一舉一動，咸本自天然。這裡不妨看看《僧傳》中的一段記載：

　　有僧對道濟說：「你一個和尚，羅哩羅哩地唱山

歌，是正經麼？」

濟顛道：「水聲鳥語，皆有妙音，何況山歌！」

有僧道：「你是個佛家弟子，與猿猴同群，小兒作對，也是正經麼？」

濟顛道：「小兒全天機，狗子有佛性，不同他遊戲，難道伴你這班袈裟禽獸胡混麼？」

寥寥數語，把其思想底蘊和盤托出，亦即天然之本性，實乃佛性之所在，絕不可捨此天然之本性、本來之面目，而更另他求。基於這一思想，道濟在修行方法上，採取一種純任自然、隨緣任運的態度。且聽聽他的一首信口歌，歌曰：

> 參透炎涼，看破世態。散淡遊靈逕，逍遙無掛礙。了然無拘束，定性能展才。……初一不燒香，十五不禮拜。前殿由他倒，後牆任他壞。……學一無用漢，於我有何害？

《濟公傳》中更有詩曰：

> 著意求真真轉遠，痴心斷妄妄猶多。
> 遊人一種平懷處，明月青山影在波。

此種一任自然、不加造作的思想作風，很容易使人

聯想到後期禪宗的修行風格。禪宗自「五祖分燈」之後，其修行風格的最大特點，就是在「平常心是道」的基礎上，提倡純任自然、無證無修，隨緣放曠，任性逍遙。濟顛修行理論之特質，則以「顛」爲中介，「顛」出自性天機，「顛」出本來面目。二者之表現形式雖有小異，其實質則無殊。因此，從修行理論、修行風格說。道濟的思想完全屬於後期禪宗。此一說法，人們還可以在《濟顛僧傳》找到許多佐證。

例如道濟之開悟，正像後期禪宗許多禪師的開悟一樣，是借助機鋒、棒喝的。當道濟請求瞎堂遠禪師指敎他「一話頭，半句偈」，好讓他早日開悟時，瞎堂遠禪師叫他近前來，拿起禪板冷不防對他就打，並喝道：「自家來處尙不醒悟，倒向老僧尋去路，且打你個沒記性。」正是這一棒一喝，道濟被點醒了前因，不覺心地灑然，脫去下根，頓超上乘。此一番舉動，全然是後期禪宗的行事風格，因此，道濟之禪學思想屬後期禪宗當勿庸置疑。

3.混俗和光　注重濟世

道濟禪學思想還有一個重要的特點，即不像傳統佛敎（乃至傳統禪學）那樣注重隱遁潛修，而是亦入世亦出世，主張混俗和光，做一個紅塵浪裡的本源自性天眞佛。

道濟在歷史上的影響，不像別的高僧大德那樣，或以創宗立派傳世，或以注解經論著稱，而是以酒度人、

以顛濟眾聞名於世俗社會。《濟公傳》中記載當時的皇帝曾欽賜濟顛十六個大字，曰：「瘋顛勸善，以酒度人；普度群迷，教化眾生。」此一評語倒是對道濟其人、其思想特點的一個形象寫照。

考濟顛其人在平民百姓中的影響，最以「專管不平事」和救人於危難之中聞名，而且在救苦救難之時，多帶有三分醉意。這與傳統佛教的「不參預世事」、「不飲酒食肉」之告誡是迥異其趣的，但是與宋元時期之禪宗既出世又入世、主張混俗和光，盛行「土面灰頭不染塵，花街柳巷樂天真」的行事風格，卻是正相符契。

濟顛每次行事，總要先灌黃湯，大醉一場，然後趁著醉意，濟困扶危。在《濟顛僧傳》中，濟顛屢屢言及「好酒好酒，賽過甘露菩提」，且改儒家之「食不厭精，膾不厭細」為「酒不厭多，食不厭醉」，此中自有濟顛的道理在，這就是他常說的「除非布施一壺，還了貧僧的本來面目，或者醉了，反曉得明白。」意思是說，人之酒醉，較諸清醒之時，也許更能顯露出自性天機、本來面目，因此，更能體現佛陀之本懷和顯現佛法之神通；近代之印光法師對此則另有一說，曰：「其飲酒食肉者，乃遮掩其聖人之德，欲令愚人見其顛狂不法，因之不甚相信，否則彼便不能在世間住矣。」如果把這兩種說法結合起來，那麼，濟顛之飲酒食肉，實非由於嘴饞貪杯，而是別有其用意之所在，亦即借此混俗和光，入世濟人。

通觀《濟顛僧傳》，書中描寫濟顛飲酒食肉乃至於混

迹於花街柳巷的篇幅不少，但它絲毫沒有給人濟顛沉迷於酒色的印象，相反，倒使人覺得他頗有維摩詰居士「行於非道，通達於佛道」的風範。書中兩句詩偈，曰：「俯仰人天心不愧，任他酒色又何妨」、「幾回欲逐偷香蝶，怎奈禪心似鐵堅」，則頗能反映濟顛飲酒食肉，不礙菩提之出汙泥而不染的清高道行。當然，此種道行之最終依據，乃在於詩中所說的堅似鐵的「禪心」，或者用社會上流行的一句口頭禪說，則是「酒肉穿腸過，佛祖心中留」，因為，心中有佛，自然語默動靜、舉止施為，盡合於佛道。

4.人生如夢　三界皆空

道濟之禪學思想，除去前面語及的，既深受慧能南宗「即心即佛」、「明心見性」思想的影響，又帶有濃厚的後期禪宗隨緣任運、混俗和光的色彩外，還有一個重要的特點，即般若性空的思想貫穿始終。

在僧傳中，人生如夢、三界皆空的思想俯拾皆是，請看看濟顛在西湖蘇堤上所唱的一首歌：

> ……世人忙碌碌，都在一夢中。
> 也夢為寒士，也夢做莊家，
> 也夢陶朱富，也夢范丹窮，
> 也夢文章顯達，也夢商賈經營，
> 也夢位登臺鼎，也夢執掌元戎。
> 離合悲歡，壽夭共窮通。

仔細從頭看，都在一夢中。

更有一首宣揚世事皆空的信口歌曰：

南來北往走西東，看得浮生總是空。
天也空，地也空，人生杳杳在其中。
日也空，月也空，來來往往有何功？
田也空，土也空，換了多少主人翁。
金也空，銀也空，死後何曾在手中。
妻也空，子也空，黃泉路上不相逢。
官也空，職也空，數盡孽隨恨無窮。
朝走西來暮走東，人生恰是採花蜂。
採得百花成蜜後，到頭辛苦一場空。
夜深聽盡三更鼓，翻身不覺五更鐘。
從頭仔細思量看，便是南柯一夢中。

此外，諸如「人生天地常如客，何獨鄉關定是家」、
「榮華總是三更夢，富貴還同九月霜」等詩偈警句，在
僧傳中更是屢見不鮮。實際上，濟顛尚未出家時那句語
驚四座的「續題」──「淨眼看來三界，總是一檐茅屋。」
就含有三界皆空的思想，至於《濟公傳》中描述濟公回
家探親時所抒發之感慨，即：「兔走荒苔，狐眠敗葉，
俱是當年歌舞之地；露冷黃花，煙迷剩草，亦係舊日征
戰之場。」更成為後人感嘆世事無常所屢屢引用的妙句

佳語。其實，濟顛於日常行事中所以多取遊戲人生的態度，這與他看破紅塵是密切相關的，正因爲他「看破了本來面，看破了自在容，看破了紅塵滾滾，看破了天地始終」，所以能夠「跳出紅塵，靜觀雲水，醉裡乾坤，壺中日月」。

總之，人生如夢，三界皆空的思想在濟顛的禪學思想中占有十分重要的地位，這與中國歷史上的禪宗思想特點是相一致的。蓋自五祖弘忍以《金剛經》傳予慧能之後，般若性空思想一直成爲中國禪宗特別是慧能南宗的理論基礎之一，道濟思想雖從總體上說屬於後期禪宗，但後期禪宗的思想理論基石之一，仍是般若性空學說。在中國佛教思想史研究上，以往人們常常把禪宗歸結於「眞常唯心」，認爲禪宗更注重「妙有」，實際上，作爲佛教的一個流派，般若性空的思想一直是禪宗思想的理論基石之一。

十・道濟與後期禪宗

　　在本書的前言中，我們對道濟的生卒年代做了簡略的考證，在第九章，我們又對道濟的禪學思想進行了粗線條的剖析，如果把這兩部分的內容聯繫在一起，很容易使人想到這樣一個問題，即道濟的思想與其所處的時代是一致呢？還是相互矛盾？下面擬對這一問題再做一些探討。

　　考諸佛教史，中國佛教自唐武宗滅佛，特別經五代戰亂之後，曾經盛行於隋唐二代的佛教諸宗派，由於寺院經濟遭受到毀滅性的破壞，加上經典、文物散失殆盡，因此，各宗均呈頹勢。其時，只有無須多少經典、儀軌，修行方法又十分簡便的禪宗法脈尚存，而且自五代末之後，又「一花開五葉」，出現了「五祖分燈」。因此，到了宋元時期，禪宗成為當時中國佛教的主流或者說代表。

　　就中國禪宗說，其歷史發展大體上可分為前後兩個時期，如果說前期禪宗通常是以「六祖革命」後的「祖師禪」為代表，那麼，後期禪宗則主要是指「五祖分燈」

後的「分燈禪」。

所謂「六祖革命」，是指六祖慧能對傳統的禪學思想進行了一系列帶根本性的變革；至於「五祖分燈」，則主要是指唐末五代後逐漸分化出各具特點的五個宗派，它們是溈仰、曹洞、臨濟、法眼、雲門五宗。其中：溈仰宗創立並繁興於唐末五代，開宗最先，衰亡亦最早，前後僅四世，仰山慧寂後四世即法系不明；法眼在五宗中創立最遲，興於五代末及宋初，至宋中葉即告衰亡；雲門一宗勃興於五代，大振於宋初，至雪竇重顯時宗風尤盛；曹洞宗自雲居道膺後即趨衰微，從芙蓉道楷後宗風再振，丹霞子淳下出宏智正覺，倡「默照禪」，是趙宋一代禪學之一大代表；臨濟在五宗中流傳時間最長，影響也最大，以至於有「臨天下」之說。該宗自石霜楚圓下分出黃龍、楊歧二系，大盛於宋中葉，至佛果克勤下出大慧宗杲，倡「看話禪」，風行一代，對後世影響至爲深遠。

就思想內容說，「六祖革命」後之「祖師禪」的思想特點主要有三：一是倡即心即佛，二是重頓悟見性，三是強調即世間求解脫、主張亦出世亦入世。而「五祖分燈」後的「分燈禪」，則以提倡隨緣任運、無證無修，強調混俗和光、做本源自性天眞佛爲其特點。

在「祖師禪」向「分燈禪」的發展過程中，馬祖道一是一位關鍵性的人物，其一句「平常心是道」，爲後來的禪師們提倡隨緣任運、無證無修大開了方便之門。例

如其弟子懷海便進一步說：「有修有證，⋯⋯是不了語；無修無證，⋯⋯是了義敎語。」（《古尊宿語錄》卷一）把一切修證看成是方便設施，把無修無證看成是究竟、了義。懷海弟子希運更倡「衆生本來是佛，不假修行。」（《宛陵錄》）「當體便是，運念即乖」（《鐘陵錄》），認爲「語默動靜，一切聲色盡是佛事。」（《宛陵錄》）至於從懷海門下分出的潙山靈祐仰山慧寂和希運弟子臨濟義玄等，就越走越遠，進入了以參公案、鬥機鋒爲標幟的「分燈禪」了。

慧能後學的另一系統靑原行思、石頭希遷，也在另一條路上把頓悟禪法不斷推向前進。與洪州禪相類似，石頭禪自天皇道悟、藥山惟儼以後，也出現提倡任性逍遙、不講任何修證的傾向。藥山曾以一句「雲在天，水在瓶」聞名於禪宗史；天皇道悟更提倡「任性逍遙，隨緣放曠」，「但盡凡心，別無聖解」。丹霞禪師主張「性自天然，不假雕琢」，以「天然」爲號，以「燒佛」出名。潮洲大顚則是「揚目瞬眉、一任風顚；語默動靜，妙闡幽玄」。由這一系發展出來的洞山良价曹山本寂和雲門文偃、法眼文益等，更是要把佛「一棒打殺給狗子吃，卻圖天下太平」。

對「分燈禪」思想產生重要影響的還有法融一系的牛頭禪。牛頭禪的主要特點是倡「虛空爲道本」、「忘情以爲修」。或曰：「無心合道」、「無心用功」。按宗密《中華傳心地禪門師資承襲圖》的詮釋：

牛頭宗意者，體諸法如夢，本來無事，心境本寂，非今始空。……既達本來無事，理宜喪己忘情。情忘則絕苦因，方度一切苦厄。此以忘情為修也。（《續藏經》第一輯，第二編，第一五函，第五冊。）

此謂大道本虛空，諸法如夢幻，一切諸苦皆由情識所繫，如能忘情喪己，本來無事，則個個原來是佛。按照這種思想，一切修證無疑都是多此一舉枉費心機。《景德傳燈錄》道信傳給法融的「法要」就是「任心自在，莫作觀行，行住坐臥，觸目遇緣，總是佛之妙用。快樂無憂，故名為佛。」（《景德傳燈錄》卷四）這種思想與祖師禪的「道由心悟」頗多異趣，而分燈禪之隨緣任運、無證無修的思想則與此種思想很接近。

實際上，「五祖分燈」後的禪法，儘管有「五家七家」之分，各宗的禪法雖然也不無小異，但就修行方法說，都有一個共同點，即都主張無證無修，提倡純任自然、不加造作。例如，臨濟義玄就主張「佛法無用功處，只是平常無事」，「屙屎撒尿，著衣吃飯，睏來即眠。」並說：「看經看教，皆是造業」，要人們「不看經」、「不學禪」、「總教伊成佛作祖去。」（《古尊宿語錄》卷五）；溈山靈祐也主張不假修證，並說：「修與不修，是兩頭話」，百丈懷海評其禪風曰：「放出溈山水牯牛，無人堅執鼻繩頭，綠楊芳草春風岸，高臥橫眠得自由。」長慶大安禪師「在溈山三十來年，吃溈山飯，屙溈山屎，不學溈

山禪，只看一頭水牯牛」（《五燈會元》卷四）。溈山弟子香嚴智閒也是因掘地擊竹，豁然得悟，他曾因此作一偈曰：「一擊忘所知，更不假修治；動容揚古路，不墮悄然機。」（《景德傳燈錄》卷十一）福州靈雲志勤禪師也曾在溈山門下因見桃花而悟道，並作一偈曰：「三十年來尋劍客，幾回落葉幾抽枝；自從一見桃花後，直至如今更不疑。」（《景德傳燈錄》卷十一）至於洞山禪，更是「出入於洪州、石頭，近於牛頭而又進一步發展」（印順：《中國禪宗史》第 409 頁）。洞山良价曾依牛頭法融的「無心合道」作一偈曰：「道無心合人，人無心合道；欲識個中意，一老一不老！」此謂道體無所不在，亦遍身心，人無須用心，自然合於道；雲門宗文偈禪師更欲一棒把佛打殺給狗子吃聞名，這種呵佛罵祖的作風與當時盛行的主張純任自然，強調做本源自性天眞佛的思想是一致的。因爲既然佛是每個人本自天然的，因此任何讀經修行、求佛求祖，都是自尋束縛、枉受辛苦。

這裡我們不妨回過頭來看看道濟的禪學思想。道濟把酒肉之戒當束縛，視靜功坐禪如桎梏，認「顚」爲本來面目，視小兒爲「全天機」，主張任性逍遙，「學一無用漢」，甚而認爲明月靑山，盡是佛道，水聲鳥語，皆有妙音。這種思想與後期禪宗的性自天然、不加造作，隨緣任運、無證無修的思想風格是完全一致的。

另外，後期禪宗思想的另一個重要特點，是進一步打破世間與出世間的界限，把出世與入世融成一片。這

種思想至宋元時期有了進一步的發展，其中最突出的表現，就是進一步把佛教的世俗化、社會化，由前期禪宗的即心即佛，進一步發展爲佛性的物化與泛化，所謂一花一葉，無不從佛性中自然流出，一色一香，皆能指示心要，妙悟禪機。此時之禪宗，不但淡薄了世間與出世間的界限，而且混淆了有情與無情物之間的差別；不但不提倡出世苦修，而且大力宣揚「行於非道，即是通達佛道」；不但主張「既在紅塵浪裡，又在孤峰頂上」，而且崇尚「土面灰頭不染塵，花街柳巷樂天眞」。後期禪宗的這一思想特點，在道濟身上有著十分突出的表現。有些不甚了解中國禪宗思想發展史的人，當看到《濟顛僧傳》或《濟公傳》中濟顛如此任性逍遙、遊戲人生，飲酒食肉、以顛濟衆時，或覺得這是一種純文學藝術刻劃，與佛教了不相干，或覺得這是對僧人形象的歪曲和對佛教的嘲諷，實際上，這些都是一種誤會，《濟顛僧傳》中道濟之舉止行事，雖然帶有一定的文學色彩，但它完全是以宋元時期的禪師爲原型的，具體點說，是以道濟其人的事迹爲原型的，在相當程度上帶著深刻的宋元時代的烙印，是宋元時代禪宗思想的一個側影——雖然宋元時期的禪師不一定個個都取「濟顛」這種表現形式，但道濟其人其學與宋元時期禪宗的思想風格非但不相違悖，而且正相符契！——筆者以爲，只有這樣去看待《濟顛僧傳》，這樣去看待濟顛其人、其思想，才是客觀的、歷史的態度。